———— 想象，比知识更重要

幻象文库

QUICKER THAN
THE EYE

温柔的谋杀

[美]雷·布拉德伯里————著
王瑞徽————译

新星出版社　NEW STAR PRESS

目录

1	潜水艇医生
17	扎哈洛夫／里克特胜利之路
28	记得萨沙吗？
38	大麻烦
49	电刑
56	跳房子
65	芬尼根
78	草坪上的女人
94	温柔的谋杀
107	瞬之幻
121	道林变形记
138	狗是怎么死的？
148	女巫之门
161	机器中的灵魂
171	九年之约
177	巴格
186	再来一首圆滑曲
199	交会
212	土壤免费
223	最后的仪式
235	废公路
247	后记：活着要紧

潜水艇医生

刊于《花花公子》(*Playboy*)
1994 年

这个不可思议的事件，是发生在我的外国心理医师古斯塔夫·冯·赛佛提兹第三次造访我的时候。

我早该料到他会发这么一场脾气。

毕竟，我的这位 alienist（精神医师）——他真是个 alien（外国人）——正巧和 1935 年的电影《她》①当中饰演大祭司的那位高瘦、眼神锐利逼人，当然也无比俊美的男演员同名同姓。

在电影里，这神奇的恶棍舞着他那瘦骨嶙峋的手指，高声狂啸，召唤硫黄火焰，消灭奴隶，让世界陷入灾难。

之后，恢复"自由之身"的他在好莱坞大道搭乘有轨电车，沉默得像个木乃伊，安静得有如光秃的电线杆。

说到哪儿了？噢，对了。

那是我第三次去找我的心理医师。那天他打电话来对我大吼："道格拉斯，你这蠢蛋浑球，该来躺沙发了。"

所谓的沙发，指的当然是他房间里那张充满痛楚和羞辱的

---

① *She*，由 H. Rider Haggard 小说改编。——编者注（本书若无特殊说明，所有页下注释均为编者注。）

沙发，我躺在上面，为了假想的犹太民族的罪恶和北方浸信会的压迫而苦恼挣扎，他则在一旁不时嘀咕着，"鬼扯"或"笨蛋"或"你再那样做，我就宰了你"。

要知道，古斯塔夫·冯·赛佛提兹是个极为不凡的采矿专家。采矿？没错。我们脑袋里的问题就是矿场。勇敢地踩上去！突击治疗，有一次他这么说，一边寻找着适当用语。"Blitzkrieg[①]？"我说。

"Ja（对啦）！"他咧嘴笑着说，"就是这意思！"

话说这是我第三次来到他这间有扇装着许多奇特锁具的圆形门、充满金属感的怪异房间。我一边念叨着，一边涉过黝黑的水域，突然感觉到他在我背后猛地挺直腰杆。他的喉咙发出一阵仿佛垂死之人的急促呼噜声，倒抽了口气，然后吐出一声令人浑身发毛的呐喊："下潜！下潜！"

我往下潜。

我心想，这房间或许遭到了巨大冰山的撞击，我赶紧趴下，钻进那张有着狮爪椅脚的沙发底下。

"下潜！"老先生又大叫。

"下潜？"我小声说着，抬头张望。

一座亮闪闪的黄铜潜望镜往上缩回，消失在天花板上。

赛佛提兹医生站在那儿，假装没看见我，还有被汗水浸得油亮的皮沙发和那具消失的黄铜机械。带着酷似《北非谍影》中演员康拉德·维德（Conrad Veidt）或《日落大道》中饰演男仆的艾瑞克·冯·史楚亨（Erich Von Stroheim）的姿态……他……

……点了根烟，让两缕袅袅上升的烟雾在空中自由涂写。

---

① 德语，指陆战队的闪电行动。

2

（他的名字缩写？）

"你说什么？"他说。

"不对，"我继续趴在地上，"说话的人是你。下潜？"

"我没说。"他撇着嘴。

"才怪，你明明说了，清清楚楚——你说下潜！"

"不可能。"他又吐出两圈蟠龙状的轻烟，"那是你的幻觉。你为什么盯着天花板？"

"因为，"我说，"除非我有妄想症，否则那上面的活门里藏着一具九尺长的德国莱卡黄铜潜望镜。"

"这孩子疯了，胡扯一通。"赛佛提兹医生对着另一个自己说，那是他在这个房间进行心理分析时经常在场的第三者。当他不忙着发泄对我的厌恶时，就会开始自言自语。"你中午喝了多少马丁尼？"

"少装糊涂，赛佛提兹。我很清楚性象征和潜望镜有什么不同。刚才有支长长的黄铜镜筒缩进天花板里，不是吗？"

赛佛提兹瞥了眼他那只特大号的圣诞表，发现我还有半小时才会离开。他叹着气，把香烟丢掉，伸出一只光滑的靴子将它踩熄，然后两脚咔的一声并拢。

你可曾听过像金熊杰克·尼克劳斯（Jack Nicklaus）这类高尔夫球高手的球杆命中球心的声音？砰！就像手榴弹爆裂。

这就是我这位德国友人并拢两只脚跟行礼时，靴子碰撞发出的声响。

咔啦！

"在下沃兹坦男爵，古斯塔夫·曼纳林·奥契利兹·冯·赛佛提兹，"他压低声音说，"向Unterderseaboat（潜水艇）——"

我以为他会说"Doktor（医生）"，可是他说："——潜水艇舰长敬礼!"

又一声咔啦,接着——

天花板中的潜望镜静悄悄滑了出来,我从没见过那么美丽的雪茄状性象征。

"不会吧!"我倒抽一口气。

"我什么时候骗过你?"

"太多次了。"

"可是,"他耸耸肩,"都是些无伤大雅的小谎。"

他走向潜望镜,将两个把手扳到定位,闭上一只眼,气呼呼地用单眼对着窗口,将潜望镜缓缓绕着房间转动,对准沙发和我。

"第一次发射。"他下令。

我几乎听见鱼雷冲出炮管的声音。

"第二次发射。"他说。

第二枚静悄悄、看不见的炮弹朝着无垠的空间飞出。

我被射个正着,倒在沙发上。

"你!"我不假思索地说,"那个!"我指着那具黄铜器械说。"这里!"我拍拍沙发,"为什么?"

"坐下。"赛佛提兹说。

"我已经坐下了。"

"躺下。"

"我宁可坐着。"我不安地说。

赛佛提兹转动潜望镜,让它最顶端的眼睛微微倾斜地瞪着我。那呆滞、冰冷的眼神和他本身的锐利鹰眼有着诡异的雷同。

他的声音从潜望镜后方传出。

"你大概很想知道,沃兹坦男爵,古斯塔夫·冯·赛佛提兹如何忍痛离开冰冷的海洋，舍弃他深爱的北海船舰，逃离他满目疮痍的故乡而成为潜水艇医生——"

"既然你都提起了——"

"我从来不提起。我是在宣告。而我的宣言也就等于海上战争的命令。"

"我注意到了……"

"闭嘴。坐好——"

"现在还坐不得……"我不安地说。

他的鞋跟啪地并拢，右手爬上他上衣前襟口袋，掏出第四只眼睛来照着我：一只单眼镜，他把它像只煮熟的鸡蛋般扣在眼睛上。我畏缩了一下。那只单眼镜已经变成他目光的一部分，令我想起冰冷的火焰。

"为什么要戴单眼镜？"我说。

"傻瓜！这是为了遮掩我宝贵的眼睛，没人看得见，我的洞悉力才能尽情发挥。"

"噢。"我说。

然后他开始唱起独角戏。这时我才发现，他说话的渴望已经被压抑、封锁太久了，他滔滔不绝地说着，完全把我给忘了。

而就在这段独白进行的时候，有件怪事发生了。我缓缓起身，看着可敬的赛佛提兹医师大人在房里绕圈子，那支纤长的雪茄往空中喷出一团团浓烟，他则像研究着白色的罗夏心理测验板[①]的墨渍那样盯着瞧。

他每踏出一步，便吐出一句话来，接着又一句，像是某种缓慢沉重的文法。有时他会突然静止，一只脚抬在半空，话哽

[①]罗夏墨迹测验，人格测量工具之一。该测试通过让你看几张有趣的图片，挖掘出你潜意识里最真实的思想。

在喉头，在舌尖反复斟酌着。接着一只鞋落下，嘴里也适时吐出字句来。

直到我在一阵晕头转向后，发现自己坐在椅子上，我错愕极了，因为我看见：这位可敬的赛佛提兹医师先生大大咧咧地瘫坐在沙发上，蜘蛛似的长指在胸口梭游。

"登上陆地可不是件容易的事，"他咬着牙说，"有时候我像只冰冻的水母；有时候像趴在沙滩上的章鱼，但至少还有触手；或者脑袋空空的鳌虾。可是一年年过去，我渐渐挺直了背脊，现在已经可以在陆地上生龙活虎地走路了。"

他停下，颤抖着吸气，然后往下说："我先后住过船屋、小木屋、海滩营帐，然后终于到了城里的运河，最后是纽约，也是被水环绕的一座岛，呃？但也就是这时候，我怀疑一个潜水艇指挥官能不能在那地方找到生存空间，找回他的工作、疯狂的嗜好和活动？"

某个下午，当我搭着全世界最长的电梯时，脑袋像是被手榴弹击中似的一震。我往下降，不断往下降，身边挤满了人，楼层号码愈来愈小，玻璃窗外的地板闪光迸裂般地快速飕飕飞过，本我，自我，生命，死亡，情欲，杀戮，肉欲，黑暗，光明，全部陡直往下坠落，九十楼，八十楼，五十楼，楼层越低，心情却越高昂，本我，自我，本我……直到一声尖叫从我粗哑的喉咙惊狂、没命似的冲出："下潜！下潜！"

"这我听过。"我说。

"下潜！"我大声叫着，惹得电梯里的其他乘客在惊吓之余愉快地撒起尿来。在众人的错愕表情中，我走出电梯，发现地板上有小小一摊尿。"各位再会了。"我带着自觉愉悦地说，然后跑去做我的自营诊所生意，挂起小招牌，还有我多年前从支离破碎的潜水艇中带出来的潜望镜。但我却愚蠢得看不见它所显示出我未来的精神状态和最终的堕落，我那美丽的工艺品，精神分析的黄铜"生殖器"，冯·赛佛提兹·马克·奈伊潜望镜。

"真是动人的故事。"我说。

"还用你说。"这位精神医师闭着眼睛，轻蔑地说，"而且大半是真的。你有仔细听吗？你学到了什么？"

"应该要有更多潜水艇舰长转任精神医师。"

"那又如何？我常想，尼摩[①]舰长的潜艇最后被摧毁时，他是不是真的死了？或者他的精神病菌流传了下来，直到我出生在这世上，一心只想着指挥那幽灵般、在海底四处漂流的船舰，最后却落得只能在这哀伤、病态的城市里，靠着卖弄杂技赚取钟点费度日？"

我起身，触摸那只有如人造钟乳石般、悬吊在天花板下方的漂亮黄铜性象征。

"我可以看看吗？"

"如果我是你就不会看。"他没听清楚我说什么，深埋在暗云似的忧郁情绪里。

"不过是个潜望镜——"

"一支好雪茄是一缕烟雾[②]。"

我想起弗洛伊德关于雪茄的名言，大笑了起来，然后再度触摸着潜望镜。

"别碰。"他说。

"你该不会真的用它吧？这只是你用来纪念过去、纪念那艘潜水艇的，对吧？"

[①]尼摩船长，儒勒·凡尔纳的小说《海底两万里》中的人物。
[②]柏拉图语，原文为 A Woman is just a woman but a good cigar is a smoke，曾被弗洛伊德引用。

"你这么认为？"他叹气，"那就看吧！"

我犹豫了一下，然后将一只眼睛贴近窗口，另一只眼睛闭上，大叫："老天！"

"我警告过你了。"赛佛提兹说。

他们出现了。

足够供应上千家电影院屏幕布幔的梦魇。足够塞满千万栋城堡的幽灵。足够将几十个城市夷为平地的惊恐。

我心想，老天，他可以卖出全世界的电影版权。

史上第一个心理万花筒。

而且我当即冒出一个念头：那东西里头有多大部分是我？或者赛佛提兹？或是我们两个？那些个怪异影像只是我几周来陆续吐出的疯狂白日梦？当我闭着眼说话，我的嘴巴是否源源不断吐出许多看不见的小怪兽，它们卡在潜望镜的镜筒里然后逐渐长大成形？就像刊登在《科学美国人》杂志①封面的显微镜照片，那些藏在眉毛或毛孔里、被放大百万倍成了大象般的细菌？那些影像是深陷在沙发中并困在那具潜水艇器械里的游魂？或是从我眉毛和灵魂掉落的残屑？

"这东西价值千万！"我大叫，"你知道这是什么吗？"

"成群的蜘蛛、大毒蜥，不需要薄纱翅膀的月球之旅，坏姊妹嘴里吐出的蜥蜴和蟾蜍，善良仙女耳朵里飞出的钻石，巴厘岛皮影戏里的瘸腿舞者，老木匠盖比特阁楼里的悬丝木偶，撒出白酒尿的小童雕像，马戏团空中飞人跳跃前的高声吆喝，猥琐的哑剧，邪恶的小丑脸，一下雨便开始唠叨、风一吹便呼呼叫的怪兽排水口，装满毒糖蜜的地下室储槽，将每个十四岁少

---

① Science American，缩写 Sci Am。是美国的一本科普杂志，始于1854年，是《科学》杂志的姊妹篇。

年的七窍密密缝合的蜻蜓——他们要到18岁才能挣脱缝线,住着疯狂女巫的塔楼,挤满废弃木乃伊的阁楼——①"

他突然噤声。

"你应该有个概念了。"

"疯子,"我说,"可见你太闲了。我可以帮你和傻瓜联合(Amalgamated Fruitcakes)电影公司谈一笔五百万的交易。还有弗洛伊德梦之船(Sigmund F. Dreamboats),分成三份。"

"你不明白,"赛佛提兹说,"我这是在让自己保持忙碌,免得想起那些1944年被我用鱼雷击沉、溺死在大西洋里的人。我不想和傻瓜联合电影公司谈生意。我只想悠闲度日,剪剪指甲,清清耳垢,像你一样清除奇怪小布袋上的墨水渍。那架潜望镜里头装着四十年来我检查各式各样的脑袋时发掘的一切。看着它们,我就忘了自己那段淹没在潮浪中的悲惨岁月。要是你在那种廉价粗俗的好莱坞脱衣扑克牌局中赢了我的潜望镜,我肯定会潜进水床里再也不出来。你看过我的水床没?足足有三个游泳池大。每晚我都得绕个八十圈才能睡着,白天打瞌睡的话只要四十圈。至于百万交易的构想,就别提了吧。"

接着他突然打了阵哆嗦。双手紧抓着胸口。

"糟了。"他大叫。

太迟了。他发现他已让我闯入了他的心灵和生活。他站了起来,站在我和潜望镜之间,来回看着我和那东西,好像我们是怪物似的。

"你什么都没看见。你看不见。"

"我看见了。"

---

① 即《木偶奇遇记》。

"你撒谎！你怎么可以撒这种谎？你可知道这事一旦传出去会怎么样？如果你到处嚷嚷——我的天。"他越来越激动。"万一外界知道了，万一有人说——"他把话含在嘴里，品味着里头的真理似的，仿佛头一次察觉我的存在，发现我是把致命的枪。"我将会……变成所有人的笑柄。如此荒谬的……且慢。"

他的脸像是突然戴上了魔鬼面具。他瞪大了眼睛，嘴巴咧开。

我打量着他的表情，感觉到了杀气。我悄悄地滑向门口。

"你不会告诉别人吧？"他说。

"不会。"

"你为什么突然对我的事了如指掌？"

"你自己说的。"

"没错。"他神情恍惚地应和着，到处寻找着工具，"等一下。"

"不好意思。"我说，"我想走了。"

我出了房间，通过走廊，没命地奔跑。

"回来！"赛佛提兹在我背后大叫，"我得杀了你！"

"我就知道。"

我到了电梯前，才按下"往下"的钮，门就奇迹似的开了。我跳了进去。

"说再见！"赛佛提兹大叫，拳头高举着，像是握着炸弹。

"再见！"我说。电梯门当的一声关上。

之后我有整整一年没和赛佛提兹见面。

在这期间，我常到餐厅吃晚餐，多少带着愧疚地向许多朋友和街角的陌生人，提起我曾遇见一个转任摸骨师（就是摸索你的头骨赚取钟点费的那种人）的潜水艇舰长。

就这样，我轻摇一下这棵熟透的果树，果子便纷纷掉落。一夜间，所有人捧着大把钞票来到男爵尊前。就算到了世纪末人们依然会记得他的"大满贯"演出：在一个下午的时间里旋风似的出现在菲而·多纳休①、奥普拉·温弗瑞②和杰拉尔多·瑞弗拉③等人的脱口秀节目上，以大同小异的修辞和反复不定的态度接受访问。接着又有了赛佛提兹激光玩具，当代艺术博物馆和史密森尼博物馆还开始贩卖他的潜望镜复制品。在五十万元的诱惑下，他硬是拼凑出一本烂书并轻易地卖出了版权。那些被囚禁在他黄铜潜望镜里的微生物、菌类和稀有动物的图像也被制作成彩色立体书、文身贴纸和橡皮图章等古怪的东西。

我以为这会让他原谅我并忘了我所做的事。可是并没有。

一年又一个月后的某个下午，我的门铃响起，外面站着泪流满面的沃兹坦男爵，古斯塔夫·冯·赛佛提兹。

"那天我为什么没杀了你？"他咕哝着说。

"因为你没追上我。"我说。

"噢，对。一点也没错。"

我打量着老先生涕泗滂沱的脸孔，问他："谁死了？"

"Me。或者该说 I？反正就是我。你面前的这个人，"他哀伤地说，"一个得了烂皮儿高跷皮儿症候群④的可怜虫。"

"烂皮儿——"

"——高跷皮儿！我下巴中间有条裂缝，就快裂成两半了。用力拉我额上的头发，看我整个人从这条缝裂开来，就像拉开一

---

① Phil Donahue，美国演员、导演、制片人和编剧。
② Oprah Winfrey，美国演员、制片人、主持人。
③ Geraldo Rivera，美国新闻记者。
④ Rumpelstiltskin，德国民间传说中形貌丑怪的精灵小矮人。该症候群指故事中的国王角色以上位者身份对下属进行无止境的索求。

条精神错乱的拉链。我倒下，区区一个我分裂成两个可敬的医生兼潜水艇舰长。哪一个是看病的医生，哪一个是出卖自己的顶尖销售员舰长？必须用两面镜子才能知道。更别提还有烟雾。"

他突然停下，左右张望，两手抓着脑袋。

"你看见裂缝了没？我是不是又分裂成那个渴望名利、经历过无数心灵破碎女人的疯狂水手了？受苦的鲇鱼，我都这么称呼她们。你可以拿了她们的钱转身离开，然后把钱花个精光。你该去过一年这样的日子。这可不是玩笑话。"

"我没笑。"

"那就好好听我把话说完吧。我可以躺下来吗？那是沙发吧？太短了。我该拿我的腿怎么办？"

"侧坐。"

赛佛提兹躺了下来，两条腿撂在一侧。"还不错。坐在我后面。别从我肩头偷瞄。把头转开。别傻笑也别不耐烦，等我拿出胶水来把烂皮儿（Rumpel）和高跷皮儿（Stiltskin）重新黏合，这正好是我下一本书的书名。你真该死，你和你的潜望镜。"

"不是我的，是你的。那天是你要我发现它的。我猜你悄悄向半睡半醒的病人小声说，下潜，下潜，已经很多年了。只是那次你忍不住大声喊了出来：下潜！那是你体内的舰长在说话，他渴望名声和满坑满谷的金钱。"

"老天，"赛佛提兹咕哝着，"我真讨厌你这么老实。我已经感觉好多了。我欠你多少？"

他站起来。

"现在我们不杀你，要去杀那些怪物。"

"怪物？"

"我办公室里的。要是我们能避过外面那些狂人的话。"

"你体内体外都有狂人?"

"我什么时候骗过你了?"

"常常,"我说,"善意的小谎。"

"走吧。"他说。

我们走出电梯,面前站着一长列的崇拜者和恳求者。电梯门和男爵的办公室门之间起码挤了七十个等候者,人人腋下夹着博拉瓦斯基夫人①、克里希那穆提②或雪莉·麦克雷恩③的著作。那些人一眼看见男爵,顿时像火炉门猛然打开那样爆发一阵轰轰耳语。我们加紧脚步,在没人来得及跟上来前进了他的办公室。

"瞧你对我做的好事。"赛佛提兹用手指着我说。

办公室墙面贴着昂贵的柚木板。办公桌来自拿破仑时期,是价值五万元以上的精致帝国遗物。沙发是用少见的柔软皮革制成,墙上挂着两幅真迹油画——雷诺阿和莫奈。老天,恐怕价值有数百万吧!

"那些怪物,"我说,"你会杀了它们,而不是杀我,对吧?"

老人用手背揉着眼睛,然后伸出拳头。

"没错。"他大叫,往那架精美的潜望镜跨出一步。它映出他扭曲、拉长的脸孔。"就像这样。毫不留情!"

我还来不及阻止,他就已出手给了那只黄铜器械一巴掌,接着一拳,又一拳,双拳齐发,同时一边咒骂。然后他像是提起坏小孩的颈子那样抓住潜望镜,掐住然后来回摇晃。

---

① Madame Blavatsky,十九世纪著名灵媒。
② Jiddu Krishuamurti,印度哲学家。
③ Shirley MacLaine,好莱坞著名影星,著有多部新世纪灵性书籍。

很难形容我在这一刻听见了什么。也许是真实的声音,也许只是想象中的地震,就像春天的冰河或午夜时冰柱的崩裂声。那声音或许也像一只巨大风筝被风吹断了骨架,裂解成一堆碎布。也许我以为自己听见了一声沉重的叹息,云朵消融无踪的声响。又或者我听见的其实是时钟的机件剧烈转动,终至脱离了底座、崩解成无数黄铜碎片的声音?

我把眼睛转向潜望镜。

我仔细看着——

什么都没有。

眼前只有一具嵌着许多玻璃镜片的黄铜镜筒,和一张空沙发。

如此而已。

我抓过镜筒,调整焦距,试图在较远的地方寻找足以爬满大片地表的梦幻微生物。

然而那张沙发只是张普通的沙发,而它后方的墙壁也只是面无表情地回瞪着我。

赛佛提兹弯腰向前,一滴泪水滑下他的鼻尖,落在他锈斑点点的拳头上。

"它们死了?"他悄声问。

"死了。"

"很好,死得好。现在我可以过正常点的生活了。"

随着每个字被吐出,他的声音逐渐沉入喉咙、胸腔、灵魂,直到和潜望镜里那些幻灭的生物一般,归于沉寂。

他捏紧拳头,有如激情的祈祷者,有如祈求上帝解救他远离瘟疫的信徒。他双眼紧闭,究竟是在祈求我死掉,或只是希望我与潜望镜里那些生物一起消失,我就不清楚了。

我只知道我的耳语传播造成了无可弥补的大祸。我和我的过度热心，为这位来自潮浪汹涌的海底的不凡舰长带来了名声和乖戾的命运。

"没了。"沃兹坦男爵，古斯塔夫·冯·赛佛提兹最后一次发出叹息，咕哝着说，"结束了。"

事情差不多结束了。

一个月后我又来探视。房东极不情愿地带我参观了办公室，主要是因为我暗示了我想向他租房子。

我们站在空荡荡的房间中央，曾经摆着沙发的地板上残留着印痕。

我抬头看着天花板。空的。

"怎么？"房东说，"难道他们没把天花板整修好，让你发现了？可恶的男爵在那上头钻了个大洞，通往楼上的办公室。他也租了那间办公室，但他似乎从来没用过。他搬走时里头就只有地板上的大洞。"

我放心地叹了口气。

"楼上什么都没留下？"

"空的。"

我仰头望着那片空白的天花板。

"补得真好。"我说。

"老天保佑。"房东说。

我常想，不知道古斯塔夫·冯·赛佛提兹去了哪里。他是否搬到了维也纳定居，或许就住在弗洛伊德的故居附近？他是否住在里约，好让他身上那个因为晕船而睡不着的潜水艇舰长透透气，在安第斯山脉的脊线阴影下摇荡着他们的水床？还是住在南巴沙迪那，距离那一大片伪装成电影片厂的蔬菜坚果农场不远的地方？

我无法想象。

我只知道，每年总有几个夜晚，一两次吧，我会在深沉的睡梦中听见可怕的呼喊，他的呼喊。

"下潜！下潜！下潜！"

醒来时，我发现自己跌到床下，冒出一身冷汗。

扎哈洛夫／里克特胜利之路

收录于本书
1996 年

在天亮前的曙光中，眼前是一栋他年少时曾住过的养鸡农场后未再见过的简朴建筑。昏暗的天空下，这房子伫立在一片长满蟋蟀草和仙人掌、覆盖着大量尘埃、散落着许多脚印的空旷野地上。

查理·克洛没把他那辆劳斯莱斯的引擎关闭，任它停在路边，一边咕哝着走向暗淡的小径，替不断回头看着车子的汉克·吉普森开路。

"你是不是该——"

"不必了。"查理·克洛打断他说，"这年头没人会偷劳斯莱斯的，不是吗？他们能走多远，到下一个路口？还没等到那时候车子早就又被别人偷走了，何必呢！"

"为什么要赶路？我们有一整个上午的时间。"

"那是你的想法，朋友。咱们只剩下——"查理·克洛看了下手表，"二十分钟，或许只有十五分钟，可以做最后一次巡礼，参与这即将到来的灾难，天启，这伟大的事件！"

"说慢点，别走那么快，你会害我心脏病发作的。"

"留着吃早餐时再发作吧。拿去,把这个放在你口袋里。"

汉克·吉普森望着他手上的绿色单子。

"保单?"

"替你的房子保的,免得像昨天那样。"

"可是我们不需要——"

"需要,只是你不知道罢了。把副本签了吧。你看得见吗?手电筒和笔在这儿,好孩子。一份给我,一份给你——"

"老天——"

"不准诅咒。马上你就有万全的保障了。"

一回神,汉克·吉普森已经被拉着手肘、通过一道油漆斑驳的门,接着又通过另一道上了锁的门,查理·克洛用电子激光笔对着门一指,它便打了开来。两人进了屋子——

"电梯!清晨五点怎么会有电梯出现在这种偏僻的小屋里——"

"嘘。"

地板开始下沉,他们足足往下坠了七八十尺深。另一道门唰地打开,他们走了出去,发现是条两侧各有十多扇房门的长廊,上方装着几十盏光线怡人的电灯。汉克·吉普森还没来得及惊呼,就已被催促着走过那些标示着许多城市名与国名的房门。

"可恶,"汉克·吉普森大叫,"我真讨厌这样神秘兮兮的。我正在写我的小说,还有一篇报纸的特别报道。我没时间——"

"全世界最伟大的小说?胡扯。你跟我合写,分享利润。你抗拒不了的。灾难,混乱,大毁灭!"

"你老是这么夸张——"

"安静。现在是我说话和表现的时候。"查理·克洛瞥了眼他的腕表,"没时间了。咱们从哪里开始?"他挥手指着走廊上二十几扇挂着君士坦丁堡、墨西哥市、利马、旧金山等牌子的紧闭房门。

另一侧房门则标示着 1897 和 1914、1938、1963 等年份。还有一扇特别的门挂着"1870 年奥斯曼"的门牌。

"地点和日期,日期和地点。我怎么知道该选哪一个才好呢?"

"难道这些城市和日期没有给你半点灵感?看一下房间里面吧,快。"

汉克·吉普森四处张望。

走廊一侧,透过一扇标示着 1789 年的房门顶端的玻璃窗,他看见:"看来像是巴黎。"

"单击玻璃窗下面的电钮。"

汉克·吉普森按了电钮。

"再看看。"

汉克·吉普森又望着房内。

"老天,巴黎。起火了。还有断头台。"

"没错。下一扇门。下一个窗口。"

汉克·吉普森往前走,探看着。

"老天,又是巴黎。我该按电钮吗?"

"有何不可?"

他按了。

"天哪,还在烧呢。不过时间是 1870 年[①],巴黎公社?"

"巴黎政府抵抗城外的德国雇佣军,城内的巴黎人却互相残

[①] 1853 年奉拿破仑三世之命改造巴黎旧城,至 1870 年间进行大规模城市更新。

杀。法国可真了得②，不是吗？继续往前走吧。"

他们来到第三扇窗口。吉普森往里头窥探。

"还是巴黎。可是战火停了，有好多出租车。我知道怎么回事。1916年。一千辆巴黎出租车载运军队，击退了城外的德军，对吧？"

"好极了。下一扇门？"

第四扇窗子。

"巴黎保住了。可是这里——德勒斯登？柏林？伦敦？全被摧毁了。"

"没错。你还喜欢3D虚拟现实吧？太棒了！城市和战争看得够多了，瞧瞧走廊对面吧。这一整排门的后面，展示的是各式各样的灾难。"

"墨西哥城？我到过那里，1946年。"

"按吧。"

汉克·吉普森按下电钮。

城市剧烈摇晃，倒塌。

"1984年的地震？"

"正确地说，是1985年。"

"老天，那些可怜人。贫穷已经够悲惨了。可是好几千人死的死，伤残的伤残，让他们更加穷困。政府却——"

"见死不救。继续走。"

他们停在一道标示着1988年亚美尼亚①的门前。

吉普森窥探着里头，按下电钮。

---

② 1870年法国于普法战争中战败，次年无产阶级成立工人革命政府，即巴黎公社，但随即被推翻。
① 1988年亚美尼亚发生6.9级大地震，受灾百万人。

"亚美尼亚，算是主要国家。一个主要国，就这么毁了。"

"那个地区半个世纪以来最严重的地震。"

他们又经过两道窗口。东京，1932年。旧金山，1905年。乍看之下，两座城市都完好无损。但电钮一按，立即崩塌成废墟。

吉普森别过头去，颤抖着，脸色泛白。

"如何？"他的同伴查理说，"结论是什么？"

吉普森在走廊里左右张望。

"战争与和平？还是不需要战争，和平终究会自我毁灭？"

"说得好。"

"你为什么带我来看这些？"

"为了你我的未来、庞大财富、神奇的新发现、惊人的事实。快，快走！"

查理·克洛将他的激光笔对着走廊尽头最大的那扇门一指。双重锁咔的一声开了，门往一边敞开。那是间大会议室，里头摆着一张四十尺长的大桌子，两侧分别排列着二十张皮椅，桌子彼端是张有如王座的高椅。

"去坐在那张椅子上。"查理说。

汉克·吉普森缓缓移动。

"拜托快一点。距离世界毁灭只剩七分钟了。"

"世界毁灭？……"

"只是玩笑话。准备好了吗？"

汉克·吉普森坐下。"好了。"

桌椅和房间开始摇晃。

吉普森跳了起来。

"怎么回事？"

"没事。"查理·克洛瞟了眼手表,"还不到时候。坐下。刚才你看见了什么?"

吉普森在椅子上躁动,紧抓着扶手。"天晓得。历史?"

"没错,问题是什么样的历史?"

"战争与和平。和平与战争。当然了,是不好的和平。地震、火灾。"

"很好。那么你可知道,谁该为这些灾难,这两种灾难,负责?"

"你是说战争?政客吧。暴民。贪婪。嫉妒。军火制造商。德国克鲁柏钢铁公司。那个名叫扎哈洛夫[①]的?那个军火之王,所有战争贩子的宗师,记得小时候电影院常播他的新闻影片。是扎哈洛夫没错吧?"

"没错。走廊另一侧呢?那些地震?"

"上帝造成的。"

"只是上帝?没有帮手?"

"谁能帮忙制造地震呢?"

"帮小忙。间接的。协助性质的。"

"地震就是地震。刚好某个城市遇上了。在地底下。"

"错了,汉克。"

"错了?"

"如果我告诉你,那些城市并不是偶然被建在那里的。如果我告诉你,是我们计划性地、蓄意地把城市建在那些地点上,目的就是为了让它们被摧毁的呢?"

"疯子。"

[①] Sir Basil Zaharoff,出生于俄罗斯的英国实业家,因经营军火事业而累积巨额财富。

"不,汉克,是创造性的毁灭。我们早在唐朝时就开始施行地震这些伎俩了。城市,巴黎。战争,1789年。"

"我们?我们指的是谁?"

"就是我,还有我的同伙,不是什么大人物,只是些穿西装打领带的建筑学校优秀毕业生。是我们做的,汉克。我们建造了那些城市,只为了毁灭它们。让它们在地震中崩解,或者用炸弹和战争毁了它们。"

"我们?我们?"

"全世界有许多这样的房间,一群人围着会议桌两侧列席而坐,你现在坐着的椅子上不知坐过多少建筑师——"

"建筑师!"

"你该不会以为所有的地震、战争都只是意外,都只是偶然发生的吧?是我们制造的啊,汉克,是我们这批分布在世界各地的都市计划蓝图设计师,不是军火制造商或政客。他们只是我们的傀儡、木偶、可利用的傻瓜。是我们这批伟大的城市设计师,受雇建造,然后摧毁我们的玩偶、我们的建筑、我们的城市。"

"老天,真是疯狂!可是为什么呢?"

"为什么?为了每隔四十、五十、六十、九十年,我们可以重新着手新计划、新理念、新工程,将利润分给所有人——绘图师、设计师、工匠、营造商、石匠、挖土工、木匠、玻璃工和花匠。全部敲掉,重新来过。"

"你是说你们?……"

"研究地震隐藏在什么地方,可能从哪里爆发,还有全世界所有领土、地层和土地上的每一条裂缝和断层线。我们就选在那些地方建造城市。至少大部分是如此。"

"胡扯！你们不可能这么做，你和那些设计师。会被人们发现的。"

"从来就没人知道。我们都是暗中集会，行踪非常隐秘。就像每个国家、每个时代都有的小集团或一小群阴谋分子。其实规模不算大。可是大多数又呆又蠢的政客都听从我们的说法。你们应该在这个地点、这个位置建造你们的首都、你们的城镇。非常安全。直到地震来临。怎么了，汉克？"

"废话！"

"嘴巴放干净点。"

"我拒绝相信——"

房间摇晃起来。椅子抖动着。被抛离椅子的汉克·吉普森跌了回去。他的脸色一片惨白。

"还剩两分钟。"查理·克洛说，"我是否该讲快点？总之，你该不会以为主宰世界命运的是那些狼心狗肺的政客吧？你可曾参加过扶轮社或狮子会之类的愚蠢商会聚餐？白日梦一场！你愿意让这世界操控在扎哈洛夫和他那群军火弹药专家手中？当然不。他们只懂发射枪炮、装填硝基炸药。因此，我们这些人，就是把城市建造在地震断层上、确保将来可以建造更多城市的这批人，是我们秘密策划了战争。

"我们用各种方式怂恿、引导、煽动那些政客，让他们抓狂，接着便有了巴黎暴动和恐怖统治，接着是拿破仑，然后是巴黎公社，这也让奥斯曼有机可乘，在赞同、反对声浪掺半的情况下破坏并重建了巴黎这个城市。还有德勒斯登、伦敦、东京、广岛。1922年，我们这些设计师付了大笔钱让希特勒出狱。接着我们又进口废钢铁、反对罗斯福、轰炸珍珠港。当然，天皇准许了,当然,将军们满怀欣喜,当然,神风特攻队①也义无反顾地飞入苍穹。可是在这些事件背后,我们这些设计者开心地鼓掌,等着数大把钞票!不是政客,不是军队,不是军火商,而是奥斯曼男爵的儿子们和大建筑师莱特(Frank Lloyd Wright)未来的儿子们送他们上路的。赞美天主!"

在桌子尽头,汉克·吉普森带着一丁点儿讯息和巨大的困惑,长长地吐了口气,然后坐下。他凝视着长桌。

"这里举行过许多会议——"

"1932,1936,1939年,为了怂恿东京,唆使华盛顿开战。同时确保让旧金山将来会有崩塌的一天,加州所有城市也都建造在圣安地列斯断层上。这么一来,当大地震来临时,就有数不完的钞票了。"

"狗娘养的。"汉克·吉普森说。

"可不是吗?我们这些人——"

"狗娘养的。"汉克·吉普森细声重复着说,"人类的战争和上帝的地震。"

"真是合作无间,对吧?一切都由那个秘密政府,由分布全世界、跨世纪的天才设计师组成的政府一手操控的。"

地板一阵摇晃。桌椅和天花板也跟着晃动起来。

"时间到了?"汉克·吉普森说。

查理·克洛大笑,瞥了下手表。

"时间到了!"

他们跑向门口,沿着走廊经过那些标示着东京、伦敦、德里斯顿②的房门,经过标示着1789年、1870年和1940年的房

---

① 日本海军航空队自杀式袭击的特别攻击队。
② 德国东部仅次于首都柏林的第二大城市。

门,经过标示着亚美尼亚、墨西哥市和旧金山的房门,冲到了电梯前,一路上汉克·吉普森大叫:"再问一次,你为什么要告诉我这些?"

"我快退休了。其他人也都离开了。这个地方即将停止使用。它就快消失了。或许就是现在。你把这惊人的事件写成书,我来编辑,咱们大捞一笔然后一走了之。"

"可是谁会相信呢?"

"没人会相信。可是这故事非常耸人听闻,所有人都会买。几百万本。而且没人会来调查,因为他们全是共犯,城市创建人、各商会、房地产业务员,还有以为战争是由他们发动并执行的军方将领,或者以为城市是由他们一手规划建造的那些人。自大的傻瓜。我们呢?就此脱身。"

他们赶在第二波地震来临前冲出电梯,离开了小屋。两人跌跌了又爬起,一边狂笑。

"加州的美好年代又回来了,是吧?我的劳斯莱斯还在吗?很好。没被偷走。上车吧!"

吉普森一只手扶着车门,回头问他的朋友:"这个地区不在圣安地列斯断层上吧?"

"才怪。想看看你的房子吗?"

吉普森闭上眼睛。"老天,我好害怕。"

"你上衣口袋里的保单应该可以让你安心点吧。可以走了吗?"

"等一下。"吉普森用力吞咽着说,"我们该取什么书名?"

"现在是什么时间?日期是何时?"

吉普森望着即将升起的太阳。"早上六点半。我手表上的日期是二月五日。"

"1994年？"

"1994年2月5日上午六点半。"

"就拿这当作书名吧。或者扎哈洛夫，还有加州理工学院的地震专家里克特[1]。就叫《扎哈洛夫/里克特的胜利之路》，如何？"

"好吧。"

车门关上。引擎声隆隆作响。

"回家了？"

"老天。快走吧。"

他们启程。

疾驰而去。

---

[1] 里氏地震级数测量法乃1935年由该学院的 Charles Francis Richter 和 Beno Gutenberg 共同制定。

记得萨沙[①] 吗?

收录于本书
1996 年

　　还记得吧?他们怎么忘得了?尽管他们只认识他短短几天,但多年后他们仍会想起他的名字,微微一笑或甚至大笑,然后很有默契地伸手互握。
　　萨沙。多么温柔、灵敏的伙伴,多么淘气、神秘的人,一个小天才;一个擅长说故事、懂得生活的深夜伴侣,像一盏多雾天白日的明灯。
　　萨沙。
　　说到他,其实他们也从没见过,但他们常会趁着半夜三点,瞒着所有朋友在小卧房里偷偷和他谈话,因为朋友们听了他的名字只会翻白眼,怀疑他们是否疯了。
　　那么,到底萨沙是何方人物,他们又是如何遇见他,或只是梦见了他,而他们又是谁呢?
　　简单地说:他们是玛吉和道格拉斯·斯波尔丁夫妇。他们住在加州威尼斯,和热闹的海岸、温暖的沙滩及几乎已被填平的人工运河上的老旧拱桥比邻而居。尽管银行里没有存款,两

---
① Sascha。

房小公寓里也没有高级家具，但他们过得十分快乐。道格拉斯是个作家，玛吉则出外工作扶持家计，让道格拉斯能够专心写他的伟大美国小说。

他们的日常作息是：每晚玛吉从洛杉矶市区回来，道格拉斯会准备好汉堡等她，不然就两人漫步到海边吃热狗，在商店街花个一两毛钱，然后回家、做爱、睡觉，第二天晚上再重复同样的循环：热狗、商店街、做爱、睡觉、工作等。那年头他们还年轻而且热烈相爱，以为这样的日子会永远持续下去……

直到他出现。

无名氏。因为那时他没有名字。他威胁说要在他们结婚几个月之后来找他们，摧毁他们的经济，让他写不成小说。但后来他便消失了，只留下空洞的威胁话语。

可是真正的冲突才刚开始。

某个晚上，他们在牌桌上吃着炒蛋配廉价红酒，平静地聊天，承诺给对方更美好的未来。

这时玛吉突然说："我头好晕。"

"怎么了？"道格拉斯·斯波尔丁说。

"我一整天都觉得不对劲，早上还有点恶心想吐。"

"老天。"他起身绕过牌桌牵起她的手，将她拥入怀中，低头看着她美丽的发线，突然笑着说。

"这，"他说，"该不会是萨沙回来了吧？"

"萨沙？谁啊？"

"等他来了，就会告诉我们的。"

"这名字是怎么来的？"

"不知道。一年来它一直在我脑袋里。"

"萨沙？"她两手摸着脸颊，大笑着，"萨沙！"

"明天去看医生吧。"他说。

"医生说萨沙就要成为我们家的新成员了。"
第二天她通过电话告诉他。

"太好了!"他愣住,"大概吧。"他想了想他们的银行存款。"不对。第一个念头才是真的。太好了!我们的火星入侵者什么时候到?"

"十月。他现在还小,非常小,我几乎听不见他的声音。不过现在他既然有了名字,我就听得见了。他说他要乖乖长大,只要我们留心点。"

"那我得开始采购红萝卜、菠菜、花椰菜了。究竟是哪一天?"

"万圣节。"

"不会吧!"

"是真的。"

"大家一定会说是我们刻意选在那天生他,我的吸血鬼小说也会在那周完成,这一来半夜可有得吵闹哭叫了。"

"噢,这个萨沙一定办得到。开心吗?"

"害怕,这我确定。开心,老天,当然了。快回来吧,新科妈妈,把他一起带回来!"

必须稍加解释的是,玛吉和道格拉斯·斯波尔丁可是疯狂的浪漫人物。早在替他们的孩子命名为萨沙之前,喜欢劳莱与哈代①的他们便时常互称史丹利和奥利弗。家中的所有电器,包

---

①劳莱与哈代原名为 Stanley Laurel、Oliver Hardy。

括吸尘器和开罐器,也都和他们身体的各部位一样被取了名字,只是从不对外人提起。

因此,替这个实体、逐渐成长的家人取名为萨沙,对他们来说是很平常的事。而当他真的开口说话时,他们也一点都不惊讶。婚姻生活中对温柔的渴求,以及足以替代金钱的爱意,使得这一切变得再自然不过。

有一天,他们说,如果他们有了车,一定也要替它取名字。

他们继续聊着,到了深夜时,已经列举了十几样东西。他们对生活充满遐想,倚在枕头上热烈讨论着,仿佛未来就在眼前。他们等待着,严肃期待着这安静的小生命在天亮前开口说第一句话。

"我好爱我们的生活。"玛吉躺在那儿说,"那些小游戏。真希望永远这么下去。你跟别的男人不一样,不像他们只会喝啤酒、玩牌。说真的,我常想不知道有多少人过着和我们一样的婚姻生活。"

"没有,只有我们。记得吧?"

"什么?"

他躺下,在天花板上勾勒着记忆。

"我们结婚那天——"

"当然记得。"

一群朋友开车送我们到这里,我们走到码头边的药局买了一管牙膏和两支牙刷,为我们的蜜月花了笔大钱……一支红色牙刷,一支绿色,点缀着我们那空荡荡的卧房。沿着海滩走回来的路上,我俩牵着手,突然,两个小女孩和一个小男孩在后面一边跟着我们,一边唱起歌来:

新婚之日快乐，

新婚之日快乐，

祝你们，

新婚之日快乐……

她轻声唱了起来。他应和着，想起那群孩子的歌声让他们愉悦地羞红了脸，但仍然继续往前走，感觉有点可笑却无比幸福美好。

"他们怎么知道的？我们看起来就是一副新人的样子吗？"

"不是因为我们的衣服。是我们的脸，不是吗？一直傻笑到下巴好痛。我们身上爆出了火花。他们接收到了。"

"那些可爱的孩子。他们的声音还在我脑子里呢。"

"如今已经过了十七个月，我们安居在此。"他伸手拥着她的肩膀，仰头望着黑黑的天花板，在那里看见他们的未来。

"我也来了。"一个声音喃喃地说着。

"谁？"道格拉斯说。

"我啊，"那声音轻柔地说，"萨沙。"

道格拉斯低头看着妻子的嘴巴。她的嘴唇动也没动。

"你终于开口说话了？"道格拉斯说。

"对。"那细小的声音说。

"我们还在猜想，"道格拉斯说，"不知道什么时候能听你说话呢。"他轻轻拥抱了一下妻子。

"时候到了，"那声音呢喃着说，"所以我就来了。"

"欢迎你，萨沙。"两人齐声说。

"为什么你现在才说话呢？"道格拉斯·斯波尔丁问。

"之前我不确定你们是否喜欢我。"那个声音说。

"你为什么这么想呢?"

"起先我确定,后来又不确定了。以前我只是个名字。记得吧,去年我原本要来的,结果吓着你们了。"

"那时候我们没钱,"道格拉斯平静地说,"而且很焦虑。"

"一个新生命有什么好担忧的呢?"萨沙说。玛吉的嘴唇微微抖动,"是另一个原因:你们不要我。"

"正好相反,"道格拉斯滑下枕头,以便看着妻子的侧面。她闭着眼睛,但嘴唇轻轻吐着气。"我们很爱你。可是去年不是好时机。懂吗?"

"不懂。"萨沙轻声说,"我只知道你们不想要我。现在你们要我了,但我得走了。"

"可是你才刚来。"

"反正我得走了。"

"别走,萨沙!拜托!"

"再见,"那个细小的声音说,"再见了。"

一阵沉寂。

玛吉带着些微惊慌睁开眼睛。

"萨沙走了?"她问。

"不可能的!"

屋内异常安静。

"不可能,"他说,"只是个游戏罢了。"

"不只是游戏。老天,我好冷,抱着我。"

他伸手拥着她。

"没事。"

"不。刚才我有种非常奇怪的感觉,他似乎是真实的。"

"他本来就是。他没有离开。"

"除非我们错了。帮帮我。"

"帮你？"他将她抱得更紧，然后闭上眼睛，呼唤着，"萨沙？"

没有回应。

"我知道你还在。你躲不了的。"

他的手移往萨沙应该在的地方。

"听我说。请你说说话，别吓我们，萨沙。我们不想担心，也不想令你担心。我们少不了彼此。我们三个可以一起对抗全世界。萨沙？"

没有回应。

"如何？"道格拉斯悄声说。

玛吉用力地呼气吸气。

两人等待着。

"什么？"

一个微弱的声音，从凝滞的夜晚空气中隐约传出。

"我在。"

"你回来了！"两人呼喊。

又是一阵静寂。

"欢迎吗？"萨沙问。

"欢迎！"两人说。

那一晚过去，接着第二天的白天和晚上，还有接下来那天，就这么过了一阵子，他终于有勇气自己表白，抒发意见，小声提出的声明也越来越坚定、完整；而夫妻俩满怀期待地躺着，她蠕动着嘴唇，他畅谈着，两人都非常坦率，有如口技表演者口中热情又生动的笛子。那个小声音变换着各种语调，逗得他们不时忍不住大笑，感觉既滑稽又怜爱，永远不知道萨沙接下来会说什么，只能让他滔滔不绝地说下去，直到天亮，两人终于入睡。

"万圣节是什么？"

大约到了第六个月，有一天他这么问道。

"万圣节？"两人沉思着。

"是不是死亡的节日？"萨沙喃喃地说。

"是，没错……"

"我不知道在那种日子的晚上出生是不是好事。"

"那，你希望生在什么样的夜晚呢？"

萨沙想了很久。

"烟火节（Guy Fawkes Day）晚上。"他终于说。

"烟火节？！"

"就是放鞭炮、烟火表演啊。在国会大厦举行，对吗？请记得十一月五日这天……"

"你可以等到那天才出生吗？"

"我可以试试看。我不想在一堆骷髅头和白骨当中出生。烟火比较好。我可以把它写下来。"

"那么你想当作家？"

"给我一台打字机和一大沓纸。"

"晚上吵得我们睡不着？"

"那就给我钢笔、铅笔和笔记簿？"

"没问题。"

他们就这么约定。日子匆匆溜走，季节从夏天辗转到了初秋，他的声音，就像他的心跳声和四肢的小骚动般越来越清晰了。有时玛吉会在睡梦中被他的声音惊醒。她总是立刻伸手摸着嘴唇,也就是他发出呓语的地方。

"好啦,萨沙,别闹了。睡吧。"

"睡吧。"他惺忪地说,"睡吧。"然后没了声音。

"晚餐我要吃猪排。"

"不要腌黄瓜和冰淇淋?"两人几乎同时说。

"猪排。"他说。

许多日子过去了,他改说:"汉堡。"

"早餐吃汉堡?"

"配洋葱。"他说。

十月只剩最后一天,接着是……

万圣节也过了。

"谢谢。"萨沙说,"谢谢你们帮我度过那个日子。再过五天就是?"

"烟火节!"

"对啦!"他大叫。

五天后,午夜刚过一分钟,玛吉起床到了浴室,又绕了回来,愣在那儿。

"亲爱的。"她坐在床沿说。

道格拉斯·斯波尔丁转身,半睡半醒地问:"怎么了?"

"今天是什么日子?"萨沙小声说。

"烟火节终于到了。然后呢?"

"我有点难过。"萨沙说,"不,我很好。精神饱满,准备走了。我该和你们说再见了。或者该说哈喽。怎么说比较恰当呢?"

"只管说就是了。"

"有没有哪个邻居说过,无论什么时候都愿意送我们到医院去的?"

"有的。"

"那就打电话给他们吧。"萨沙说。

他们打了电话给那些邻居。

在医院里,道格拉斯吻着妻子的额头,然后仔细聆听。

"这段日子我很开心。"萨沙说。

"那太棒了。"

"我们不会再聊天了。再见。"萨沙说。

"再见。"夫妻俩说。

黎明时刻,细小但清晰的哭声从某处传出。

不久,道格拉斯走进妻子的病房。

她看着他,说:"萨沙走了。"

"我知道。"他平静地说。

"可是他留下了信息,而且另一个人来了。你看。"

他走近床边,她掀开被单。

"我的天。"

在他眼前的是张粉红的小脸。有那么一瞬,那双眼睛闪现着亮蓝色的光芒,又随即闭上。

"这是谁?"他问。

"你的女儿。快和亚莉珊卓打招呼。"

"嗨,亚莉珊卓。"他说。

"你知道亚莉珊卓的小名是什么吗?"她说。

"什么?"

"萨沙。"她说。

他极轻柔地抚摸那小脸颊。

"哈喽,萨沙。"他说。

大麻烦

刊于《奇幻与科幻杂志》(The Magazine of Fantasy&Science Fiction)
1995 年 4 月

那些声音是在某个仲夏深夜开始出现的。

大约凌晨三点,贝拉·温特斯在床上坐起,竖耳听了一阵子,又躺回去。过了十分钟,她又听见那些声音从屋外的山丘下传来。

贝拉·温特斯住在洛杉矶埃菲街附近凡登高地某栋公寓的一楼。她刚搬来几天,一切还很新奇,这栋在老街上的老房子,它门前那段旧水泥台阶,从底下的低地陡峭地往上爬升,数了数,足足有一百二十阶。而此时……

"有人上来了。"贝拉对自己说。

"什么?"她丈夫山姆在睡梦中问。

"有一群人沿着台阶上来了。"贝拉说,"大声叫嚷着,不是吵架,但也差不多了。昨晚我也听见他们的声音了,还有前天晚上……"

"怎么?"山姆咕哝着。

"嘘,你继续睡吧。我去瞧瞧。"

她摸黑下了床,走到窗边,没错,屋外有两个男人在谈话,怒气冲冲的,声音忽大忽小。还有另一种声音,类似撞击、滑行和坠地的声响,像是有人正将某种庞然大物拖上山坡。

"三更半夜的,没人会在这种时候搬家吧?"贝拉朝着窗口、黑夜和她自己问道。

"对啊。"山姆喃喃应了声。

"听起来像是……"

"像什么?"山姆问道,他完全清醒了。

"像是两个人在搬……"

"快说,在搬什么?"

"搬钢琴。把它抬上阶梯。"

"半夜三点?"

"一台钢琴和两个男人。你听。"

丈夫坐起,警觉地眨着眼睛。

远远地,在山坡中段传来一种琴弦乱弹的声音,就像钢琴突然遭到重击时,弦线发出的呜呜声。

"有了,听见没?"

"老天,你说得没错。可是什么人会在半夜偷——"

"不是偷,他们在运送。"

"运送钢琴?"

"我也觉得莫名其妙,山姆。出去问问他们吧。不,别去。我来问。"

她披上睡袍,走到屋外,站在人行道上。

"贝拉,"山姆在门廊纱门后焦急地小声喊着,"疯了你。"

"一个又胖又丑的五十五岁女人还怕在半夜出事吗?"她说。

山姆没搭腔。

她悄悄地走到山崖边。她听见底下两个男人正吃力地搬运庞大物品的声音。那台钢琴偶尔发出被磕碰后的声响，然后便安静了下来。其中一个男人不时大声吆喝，发出指令。

"那些声音，"贝拉说，"我知道那是从某处传来的。"她边说边走下黑黢黢的、有如一条长长的灰白色缎带垂坠而下的台阶。这时，一个声音回荡着："瞧你又给咱们惹了大麻烦。"

贝拉愣住。她想着，我在哪里听过这话，听过无数次了。

"哈喽。"她大叫。

她继续移动，数着台阶，然后又停住。

没人了。

她突然觉得好冷。那两个陌生人不知去了哪里。山坡非常陡峭，往下有很长一段路，往上也一样，那两人还抬着一架立式钢琴呢，不是吗？

她心想，我怎么知道是立式钢琴？我只不过听见声音而已。可是——没错，是立式的。不仅如此，而且它还是被装在箱子里的。

她缓缓转身，回头爬上台阶，一阶又一阶。慢慢地，那些声音又回来了，在山底下，仿佛在不耐烦地等她走开似的。

"你在搞什么？"其中一人说。

"我——"另一人说。

"把东西给我！"第一个声音说。

贝拉想着，第二个人的声音我也认得。我还知道他们接下来会说什么。

"好了，"黑暗中，远在山底下的回声说，"别光站在那儿，快来帮我。"

"没错。"贝拉闭上眼睛，用力吞着口水，跌坐在台阶上，激烈地喘着气，脑中涌现许多黑白影像。时间是1929年，那时她还小,坐在电影院观众席第一排,出神地仰望着光影流动的银幕,有时大笑,接着又着迷地盯着看,接着又大笑。

她睁开眼睛。那两人的声音还在,在黑暗中发出微弱的骚动和回声,用圆顶硬礼帽互相缠斗、撞击。

塞尔达,她突然想到。我得打电话给塞尔达。她什么都懂,她一定知道这是怎么回事。问塞尔达,就这么决定。

她进了屋子,没多花时间思索便拨了Z—E—L—D—A,然后又重拨一次。电话响了很久,最后塞尔达怒气与睡意兼具的声音终于横越半个洛杉矶从电话中传来。

"塞尔达,我是贝拉。"

"山姆死了吗?"

"不,不是的。我很抱歉——"

"你很抱歉?"

"塞尔达,你一定以为我疯了,可是……"

"说吧,疯子。"

"塞尔达,以前他们在洛杉矶拍电影,会到很多地方取景,对吧?像是威尼斯、海洋公园……"

"卓别林的电影常这么做,还有兰登(Harry Langdon),当然还有哈洛·罗伊德[①]。"

"劳莱与哈台呢?"

"什么?"

"劳莱与哈台,他们的电影也经常到很多地点取景吗?"

"西棕榈滩,他们常到那一带拍片,还有卡尔弗城的大街,埃菲街。"

[①] Harold Lloyd,美国默片时代著名喜剧演员。

"埃菲街!"

"小声点,贝拉。"

"你说埃菲街?"

"对啦。拜托,现在是凌晨三点呢。"

"在埃菲街的山顶?"

"没错,那些台阶。所有人都知道。哈台就是在那里被八音盒追得掉下山,然后被它辗过。"

"这就对了,塞尔达。老天,塞尔达,要是你也能听见和看见就好了。"

电话那头的塞尔达突然清醒了:"怎么?你是当真的?"

"当然了。就在刚才,还有昨晚,还有前天晚上,我在台阶上听见,听见——两个人拖着——拖着一台钢琴上山。"

"有人来骚扰你?"

"不是的,那里没人。我出去看,什么都没有。可是那段台阶闹鬼呢,塞尔达!有个声音说'瞧你又给咱们惹了大麻烦。'你真该听听那男人的声音。"

"你喝醉了,你说这话是因为你知道我拿这种事没辙。"

"不,不是的。你来吧,塞尔达。你自己听听看。"

过了约莫半小时,贝拉听见一辆老爷车驶入公寓后的巷子。那辆车是塞尔达在造访默片电影院的狂喜冲动下买的,用来在写作怀旧故事时营造气氛,带领她进入赛西尔·B.德米尔[①]的老地方或者悠游哈洛·罗伊德的独立国家,或者在环球制片厂到处逛,向魅影所在的歌剧舞台致意,或者坐在《妙夫妻》[②]家的门廊上嚼着三明治当午餐。这就是塞尔达,曾经在一个宁静国

---

① Cecil b. DeMille,美国电影制片人兼导演,其作品以场面豪华壮观著称。
② Ma & Pa Kettle,20 世纪 40~50 年代美国著名家庭喜剧系列电影。

度的宁静时代中为大银幕编写剧本的作家。

塞尔达缓缓走过前廊,摇摆着庞大的身躯,移动着粗壮如同圣彼得大教堂的贝尔尼尼(Gianlorenzo Bernini)石柱的双腿,和一张圆如满月的脸孔。

此刻那张比萨般的圆脸充满困惑、嘲讽和怀疑。可是当她一眼瞧见贝拉空茫的眼神时,忍不住惊呼:"贝拉!"

"你知道我没说谎了吧。"贝拉说。

"我知道了。"

"小声点,塞尔达。这真的很怪异、恐怖又刺激。快跟我来。"

两个女人沿着步道来到老好莱坞时代的老台阶所在的老山崖边。当她们移动时,突然感觉时间绕着她们转了半圈,回到了从前,仿佛一切都不曾改变,所有房屋和1928年一般无二致,后面的山丘也回到了1926年,而那些台阶则是1921年刚铺好水泥时的模样。

"你听,塞尔达。在底下。"

塞尔达聆听着。一开始,黑暗中只有轮子滚动般的嘎嘎声,像是蟋蟀叫声。接着是木头的呻吟和琴弦的呜呜声。接着,有个声音开始抱怨这真是桩苦差事,另一个声音则大声说他跟这事无关,然后是两顶硬礼帽掉落的闷响。

一个声音愤怒地大叫:"瞧你又给咱们惹了大麻烦。"

塞尔达一愣,惊讶得差点掉下山崖。她抓紧贝拉的手臂,泪水在她眼眶内打转。

"骗术。一定是有人拿着录音机,或者——"

"不是的。我下去看过了,除了台阶什么都没有,塞尔达,只有那些台阶。"

泪水滚落塞尔达丰满的脸颊。

"老天，真是他的声音。是奥利弗（哈代）。另一个人的声音，是史丹利（劳莱）。你一点都没疯。"

山下的声音忽大忽小，一个人叫道："你倒是想办法帮帮我啊。"

塞尔达喃喃说着："噢，老天，真不可思议。"

"这是怎么回事？"贝拉问，"他们为什么会在这里？他们真是鬼魂？可是鬼魂为什么要每天晚上推着那台笨重的八音盒爬阶梯，还夜夜如此？告诉我，塞尔达，为什么？"

塞尔达看着山下，闭上眼睛思索半晌。"鬼魂为什么会出现在某个地方？为了惩罚？复仇？不对，这两位不会如此。或许爱才是真正的理由，失去的爱或什么的。对吧？"

贝拉想了想，然后说："也许没人告诉他们。"

"告诉他们什么？"

"或许人家已经向他们解释得很清楚，但他们还是不相信，因为他们晚年过得并不平顺。我是说，他们病了。人生病的时候可能会忘记事情。"

"忘记什么？"

"我们有多爱他们。"

"他们知道的。"

"是吗？当然了，我们彼此知道，但是，或许没几个人会写信给他们，或者在他们经过时向他们挥手并喊着爱你们！你认为呢？"

"拜托，贝拉，他们每晚都上电视呢。"

"是啊，但是那不算数。他们离开我们之后，有谁曾到过这里来跟他们说话？山底下那些声音也许是鬼魂，也许是别的，说不定多年来每晚都在这儿出现,推着那台八音盒,却从来没人想过或试过,轻轻说出或者大声喊出这些年来我们对他们的爱。为何不呢?"

"为何不呢?"塞尔达望着底下那片深邃的黑暗,仿佛有影子在其中晃动,似乎有人正抬着一架钢琴吃力地往上爬。"你说得没错。"

"如果我是对的,"贝拉说,"而且你也承认了,那就只有一件事情可做——"

"你是说你跟我?"

"还有别人吗?小声点,跟我来。"

她们步下一级台阶。突然间,她们四周的窗户,亮起许多灯光。某户人家的纱门打开,传出愤怒的叫喊:

"喂,搞什么鬼!"

"安静!"

"你们知道现在几点了吗?"

"老天,"贝拉小声说道,"这下所有人都听得见了。"

"糟了,"塞尔达慌乱地左右张望,"他们会坏事的。"

"我要报警了!"一扇窗户砰地关上。

"天哪,"贝拉说,"要是警察来了——"

"怎么?"

"那情况就不妙了。如果非得有人告诉他们放轻松或者安静点,那也应该是我们才对。我们关心他们,不是吗?"

"老天,没错,可是——"

"没有可是。撑着点儿,走吧。"

她们走下一级又一级台阶,听见山下的两个人声持续呢喃着,钢琴也继续发出呜咽声。她们口干舌燥,心脏怦怦狂跳。

四下一片漆黑,她们只能看见台阶下方的微弱灯光。孤零零的一盏街灯远远伫立着,正等待着暗影离去。

又有几扇窗户砰地敞开,许多纱门用力甩开。眼看又要爆发一场激烈的争吵,说不定还会夹带着枪声等没完没了的事。

想到这里,两个女人忍不住颤抖,像是要胁迫对方开口制止这场混乱似的紧紧地握着手。

"说话啊,塞尔达,快点。"

"说什么?"

"什么都可以!我们再不说话,他们会受到伤害的——"

"他们?"

"你知道我的意思。救救他们吧。"

"老天,好吧。"塞尔达定神,紧闭着眼睛思索该说什么好,然后睁开眼,说了声:"哈喽。"

"大声点。"

"哈喽。"塞尔达轻柔喊着,然后提高声音。

底下一片黑暗中起了骚动。一个声音扬起,另一个声音下沉,钢琴弦线呜呜低吟。

"别害怕。"塞尔达大喊。

"很好。继续。"

"别怕。"塞尔达喊着,胆子大了点,"别听那些人胡说,我们不会伤害你们。这儿只有我们。我是塞尔达,你们大概不记得我了,这位是贝拉。我们对两位非常熟悉,从小就认识你们,我们非常喜欢你们。时间很晚了,不过我们觉得应该让你们了解。我们一直很爱你们,不管你们是在沙漠里流浪,或者搭鬼船,或者挨家挨户推销圣诞树,或在路上拆掉车子的头灯……而且我们会一直爱你们,对吧,贝拉?"

山底下的夜色一片漆黑，等待着。

塞尔达推了下贝拉的臂膀。

"对啊！"贝拉大叫，"她说得没错，我们爱你们。"

"我们想说的就这些了。"

"这样就够了，对吧？"贝拉急切地倾身向前，"够了吗？"

夜风轻轻搅动台阶四周的树叶和杂草，山底已经停止搬运钢琴的黑影僵在那儿，抬头望着两个女人。她们突然哭了起来。泪水从贝拉的脸颊滑下，塞尔达一察觉，也立刻跟着落泪。

"所以，"塞尔达紧张得几乎无法出声，但还是努力地说，"我们希望两位明白，你们不需要再回来了。你们不需要每晚爬上这座山等候着。因为我们刚才说的都是真的。我是说，你们辛苦地爬那些阶梯，抬着钢琴，是为了能听见山顶这儿的回应，就是这么回事，没别的原因，不是吗？所以我们来了，对着你们把该说的话说了。安息吧，亲爱的朋友。"

"啊，奥利弗。"贝拉哀伤地轻叹，"唉，史丹利。史丹利。"

这时那架黑暗中的钢琴，它的弦线辗轧着它的老木头，轻轻哼了一声。

接着，最不可思议的事情发生了。底下传来一阵呐喊，接着是巨大的碰撞声，那个黑暗中的八音盒突然冲下山，沿着台阶蹦跳翻滚，砰砰地发出弦音，一路往山下暴冲着翻滚下去；而在它前面，两个身影被这乐器怪兽追赶着，不时绊倒，拼了命地尖叫，呼天抢地奔下台阶，四十阶，六十阶，八十阶，一百阶。

而站在台阶中段聆听、感受着，呐喊、尖叫着，这会儿又大笑着抱在一起的两个女人，站在漆黑夜色中狂乱地抓紧、攀牢彼此，努力地想看清楚，也几乎确信自己看见了那三个影子飞速冲向远方，两个人影没命地跑，一胖一瘦，那台钢琴在后头跌跌撞撞、嘈杂又没头没脑地追赶，直到他们到了街上。那儿唯一的街灯像是受了惊吓似的突然熄灭，两个人影继续踉跄地往前跑，乐器怪兽紧追在后。

留在后头的两个女人望着山底，早已笑得累了，接着哭哭啼啼了一阵，然后又开始大笑。突然，塞尔达脸上出现犹如挨了一枪的表情。

"老天！"她惊慌地朝他们大叫，"等一下。我们的意思不是，不是——可别一去不回啊。当然，今晚你们先离开，让这儿的居民可以安睡。可是，你们每年都要回来一次，听见没？从今晚算起一年之内，找个晚上回来，还有在那之后的每一年。这样就不会造成大家的困扰了。可是我们必须每年提醒你们一次，对吧？带着那个八音盒回来，我们会在这里等着，对吧，贝拉？"

"没错，我们会在这儿等着。"

台阶和那个怀旧、宁静的黑白的洛杉矶市之间只有漫长的沉默。

"你觉得他们听见了吗？"

她们仔细听着。

远远地传来一记细小的爆炸声，仿佛老爷车的引擎突然活了过来，接着是类似她们小时候在黑暗的电影院听过的那种疯狂配乐的微弱余音。然后逐渐淡去。

过了不知多久，她们爬回山顶，边用纸巾轻沾着湿润的眼睛。最后一次，她们回头望着山底的夜色。

"你知道吗？"塞尔达说，"我想他们听见了。"

电刑

收录于本书
1996 年

    她让他用黑丝巾围住她的眼睛然后紧紧打了个结,紧得她倒抽了口气,哀叫着:"松一点。真是的,约翰尼,快松开,不然我不玩了。"

    "好吧。"他漫不经心地说。她闻到他刺鼻的口气。后面的群众推挤着隔离用的绳索,游艺会的帐篷在夜风中飘动,远处传来旋转木马的音乐和嘈杂的鼓声。

    透过丝巾,她隐约看见那些男人、男孩和少数几个女人。这群人都是付钱来观赏她被蒙住眼睛,手腕和脖子绑着电极,坐在电椅上等着受刑的。

    "行啦。"约翰尼的声音透过眼罩模糊地传来,"这样好多啦。"

    她没说话,只用两手紧抓着木椅两侧。她感觉手臂和脖子的脉搏狂跳不已。外头,宣传员拿着纸板做的小扩音器高声吆喝,边用手杖敲打着在风中鼓动、画有厄勒克特拉[①]肖像的广告

[①] Electra,希腊剧作家索福克勒斯(Sophocles)笔下著名的悲剧人物,后成为"恋父情结"的代称。

布条：黄头发，锐利的蓝眼珠，尖削的下巴，若无其事地坐在她的死刑电椅上。

眼睛蒙着丝巾，让她可以随心所欲地任由思绪飞回过去……

游艺团若非驻扎在某个陌生小镇，就是准备开拔上路。它那些褐色帐篷在白天猛吸气，到了晚上则呼出腐臭的气息，帆布在黑暗的支架上窸窣飘舞。然后呢？

上周一那个手臂修长、有张殷切的粉红脸庞的年轻人买了三张表演门票，三度站在那儿观赏蓝色火焰般的电流通过厄勒克特拉的身体。这个年轻人紧张地站在绳圈外，记忆着她的每个动作，看她高坐在表演台上，苍白的身躯冒出火光。

他连着四个晚上跑来看表演。

"你有忠实观众了，小厄。"到了第三个晚上，约翰尼说。

"我看见了。"她说。

"别被他分散了注意力。"约翰尼说。

"不会的。"她说，"怎么可能呢？别担心了。"

毕竟她从事这表演已经很多年了。约翰尼扳起开关，电流立刻窜过她全身，从脚踝、手肘到耳朵。然后他递给她一把火剑。她将它随意朝观众群一挥，被眼罩半遮着的脸泛起微笑，任他们慌乱地拍去喷溅在肩膀、眉毛上的蓝色火花。第四个晚上，她将火剑远远挥向那个站在人群前面、粉红脸颊直冒汗的年轻人。那个年轻人迅速抬起手来，像是要抓住剑刃似的急切。剑身冒出蓝色火花，但他并未退缩，继续伸手一捞，将火焰抓在指间，接着用拳头、手腕、手臂然后全身相迎。

在火光中，他的眼睛闪烁着从剑身不断喷出的亮蓝酒精火焰。那把剑唰地挥过，点燃他的手臂、脸和身体。他将手伸得更远，他的腰紧贴着绳圈，沉默但无比专注。这时约翰尼大喊:"一起来!每个人都试试!"厄勒克特拉随即举起火剑,在半空挥舞,让其他人碰触、抚摸,在这同时约翰尼闷声咒骂。透过眼罩,她看见那年轻人脸上仍然冒出可怕的火光。

第五晚,她没有碰触年轻人的手指,而是让冒着火焰的剑尖落在他的掌心,来回轻刷、烧烫着直到他闭上眼睛。

当晚,表演结束后,她来到湖边的船坞,一直往前走,没有回头看,只是聆听着,忍不住笑了。湖水激荡着船坞锈蚀的木桩。游艺会的灯光在湖面投下许多摇摆不定的小径。摩天轮咻咻地一圈圈转动,隐约传来尖叫声。较远处的旋转木马冒着蒸气,演奏着《美丽的俄亥俄》。她放慢脚步。她缓缓伸出右脚,接着左脚,然后停下,回头。她一回头便看见那影子,他用两只手臂环抱着她。过了不知多久,她倚在他怀里,抬头看着他那健康、亢奋的粉红脸颊说:"老天,你比我的电椅还要危险呢。"

"厄勒克特拉是你的本名?"他问。

第二天晚上,当电流通过她的身体时,她全身僵硬,不停颤抖,紧咬着嘴唇,痛苦呻吟着。她两腿抽搐,双手胡乱抓着椅子扶手。

"怎么了?"眼罩外,传来约翰尼的声音,"怎么了?"

他立刻切断电源。

"我没事。"她急喘着说。观众席起了阵骚动,"没事。继续。快!"

他启动开关。

火花窜流过她全身,她再度紧咬着牙,头往后用力一甩。黑暗中浮现一张脸,连同身体,紧紧压迫着她。电源开关突然爆炸。电椅嘎的一声停顿,静止下来。

仿佛远在天边的约翰尼递给她那把剑。她那瘫软、不停抽搐的手让它掉落在地上。他将它递回，这次她本能地把剑抛得远远的。

在她眼前那片无止境的昏暗中，有个人触摸着剑刃。她能想象电流通过他的身体时，他的眼睛迸出火光，大张着嘴巴。他紧挨着绳索，靠得紧紧的，无法呼吸或叫喊，也无法后退。

电流停了。火花的气味四处弥漫。

"结束啦！"有人大喊。

约翰尼留她在那儿挣脱皮环带，自己则跳下表演台，大步往外头的游艺场走去。她慌张地解开环带，不停颤抖。她跑出帐篷，没有回头看那个年轻人是否还紧挨着绳索。

她倒在帐篷后方一辆拖车里的小床上，不停喘息、发抖，直到约翰尼走进来探望，她仍然哭个不停。

"怎么回事？"他说。

"没事，约翰尼。"

"刚才是怎么回事？"

"没事，没事。"

"没事，没事，"他说，"才怪。"他扭曲着脸。"没事才怪！已经有好多年不曾发生这状况了！"

"我太紧张了。"

"已经多少年了。"他说，"我们刚结婚时你也这么做过。你以为我忘了以前我打开电源时也发生过和今晚同样的情形？你坐在那电椅上表演已经三年了，就像听收音机一样熟练。可是今晚呢？"他站在小床边大叫，紧捏着拳头。"真是的，可恶。"

"拜托别生气，约翰尼。我真的太紧张了。"

"你坐在电椅上的时候到底在想什么？"他弯身，狂乱地大叫,"你到底在想些什么?"

"没什么,约翰尼,没什么。"他抓住她的头发。"拜托!"她哀求着。

他用力推开她的头,转身走开,突然又停住。"我知道你在想什么。"他说,"我知道。"她听见他的脚步声逐渐远去。

这晚就这么过去,次日,又到了面对另一群观众的夜晚。

可是她在人群中找不到他的脸。在黑暗中,她紧绑着眼罩,坐在电椅上等着,听约翰尼介绍着另一个表演台上的神奇骷髅人,一边期待地留意进入帐篷的每个人。约翰尼僵硬地绕着骷髅人打转,介绍着他的头骨和躯干有多么活灵活现、可怕,最后人群开始移动,被约翰尼引导着纷纷转身,他的声音响亮有如号角,动作激烈地跳上她所在的表演台。她赶紧闪避,紧张地舔着鲜红的嘴唇。

他将她眼罩的结绑得更紧,弯下腰悄声说:"想念他吗?"

她没说什么,只高抬着下巴。底下的人群仿佛兽栏里的动物那样骚动着。

"他不在这里。"他小声说着,然后将她手腕上的电极绑紧。她没吭声。于是他又说:"他再也不会回来了。"他替她戴上黑色头罩。她开始颤抖。"害怕?"他轻声问。"怕什么?"他将她脚踝上的皮环带系牢。"别怕,很快就结束了。"她倒抽一口冷气。他直起腰杆。"我揍了他一顿。"他摸着她的眼罩,小声说,"用力地揍,把他的门牙打断了。然后我抓着他去撞墙,然后再狠狠揍他——"他停顿,回头大声宣布:"各位先生女士,请一起见证杂技史上最惊人的表演!这是一张电椅,和各大监狱用来执行死刑的电椅完全相同,专用来消灭罪犯!"这最后一句话让她几乎瘫软,死命抓着扶手。他大喊:"这位女士即将在各位的亲睹下接受电刑。"

人群中一阵窃窃低语。她想起表演台下方的泰斯拉变压器，约翰尼或许动了手脚，让她的身体承受电流，而非电压。意外，可怕的意外。很遗憾。是电流，不是电压。

她用力挣脱右腕上的皮环带，就在蓝色火花窜上她身体的同时，她听见电源啪地关闭。

人群开始鼓掌、吹口哨、兴奋地跺脚。噢，她狂乱地想，这下可好，我的死刑？太好了！继续鼓掌！继续呐喊吧！

在黑暗空间之外，有个人倒下。"用力揍他，把他的门牙打断。"那人浑身抽搐，"然后再狠狠揍他。"那人倒下，被抓起来，又倒下。她像是被千万张利嘴戳刺啃咬般地放声尖叫起来。蓝色火焰烧向她的胸口。那年轻人的躯体痛苦地扭动，然后爆裂成无数骨头碎片、火苗和尘屑。

约翰尼平静地把剑交给她。

"动手吧。"他说。

她还活着，感觉却像肚子挨了一拳。

她开始啜泣，慌乱地握着剑，浑身颤抖、抽搐个不停，无法动弹。电流轰轰作响，人群将手伸得长长的，有些像蜘蛛，有些像鸟儿被火光四溅的剑追逐着，四处闪避。

游艺场的所有灯光都暗淡了下来，她身上仍然残留着电流。

咔啦。电源开关仍然是关闭的。

她全身瘫软，汗水滴落鼻梁和松弛的嘴巴。她气喘吁吁，挣扎着拉掉眼罩。

群众已经转往另一个表演台去观赏另一个奇迹。一位胖女士大声喝令，他们顺从地照做。

约翰尼的手搁在电源开关上。他松开手，站在那儿望着她，深色的眼睛眨也不眨，十分冷静。

帐篷里的灯光显得那么污秽、老旧、昏黄而混浊。她茫然看着逐渐散去的人群、约翰尼、帐篷和灯光。她醉了似的坐在电椅上。她的五脏六腑几乎已被掏空，通过电线流入全镇的黄铜电缆，在高耸的电线杆间流窜。她抬起仿佛有九十磅重的头。纯净的灯光回来了，一点点渗入她的视线，再度迸现光亮。可是它的光芒已经不一样了。她改变了它。她知道自己是如何办到的。她打着哆嗦，因为那灯光已经褪了色。

约翰尼嚅动着嘴唇。起初她没听见他说什么。他又说了一次。

"你死了。"他坚定地说。然后又重复，"你死了。"

她坐在电椅上，手脚被皮环带绑牢，一阵从飘动的帐篷布吹来的风轻拂她的脸，将湿气蒸干；她注视着他，发现他眼里的黑暗。她只有一句话可说。

"没错，"她说，她紧闭着眼睛，"啊，没错，我是死了。"

跳房子

收录于本书
1996 年

薇妮亚被一种类似兔子跑过一大片月光草原的声音所惊醒；但那只是她自己浅短、急促的心跳声。她在床上躺了片刻，让呼吸平顺下来。奔跑声逐渐消退，到了很远的地方。然后她坐了起来，从她在二楼的卧房望着窗外，看见沿着长长人行道的地面上，映着黎明前的幽暗月光的，是一些跳房子图案。

那是昨天傍晚，一群孩子用粉笔画的，巨大且漫无止境地不断扩大，方形叠着方形，线条连着线条，数字后面跟着数字。看不见尽头在哪儿。它那疯狂的图形沿着街道排列开来，三、四、五……到十，接着是三十、五十、九十，一直蔓延到远远的街角。从没见过小孩子画出这种跳房子游戏。简直可以一路玩到地平线了。

此刻，在凌晨，在这寂静的黎明前，她的视线随着那长条放肆的粉笔涂鸦漫游过去，跳跳停停，这时突然听见自己悄声说：

"十六。"

可是她没有继续跳下去。

下一个方格在等着,她知道。用蓝色粉笔涂的第十七格。然而在意志中,她只能大大张开双臂,左右摇摆不定,一只脚僵麻地停在"1"和"6"当中,再也无法向前。

她颤抖着退下。

这房间整晚都像井底般冰冷,而她就像颗井底的白石躺在里头,沉醉着,漂浮在那片黝黑然而又清澈无比、非梦亦非现实的流质之中。她感觉空气一丝丝从鼻孔喷出,感觉眼皮大动作地一开一阖。最后从山顶升起的太阳终于将热气送进她的卧房。

天亮了,她心想。这算是特别的日子吧。毕竟,今天是我生日。什么事都可能发生。但愿如此。

风吹动白色的窗帘,有如夏日微风。

"薇妮亚?"

有个声音在呼唤她。但那是不可能的。可是——薇妮亚坐起来——又来了。

"薇妮亚?"

她下了床,跑到这二楼房间的窗口。

站在楼下的青翠草地上,在晨曦中仰头叫唤着她的是詹姆斯·康威,和她同样年轻,十七岁,一脸严肃地笑着,对着出现在窗口的她挥手。

"吉姆,你怎么会在这里?"她说,同时边想,他知道今天是什么日子吗?

"我已经起床一小时了,"他说,"我想去散步,趁早出发,散步一整天。想不想一起去?"

"我不能……我家人晚上才会回来,家里只有我一个人,我得看家……"

她看着镇外那片葱绿的山丘,那一条条通往夏日、通往八月的道路,还有更远一点的那些河流和地方;再看看这栋房子、这房间和这特别的一天。

"我不能去……"她声音微弱地说。

"我听不见!"他温和地抗议着,一手遮着眉心朝她微笑。

"你为什么要我陪你散步,不找别人呢?"

他想了一下,坦承说道:"我也不知道。"他又想了一阵子,然后向她露出最英俊迷人的笑容。"因为,就这样,只是因为。"

"我马上下楼。"她说。

"喂!"他说。

但是窗口已经空了。

他们站在沾满露珠的美丽草原中央,草地上有一列她的脚印,是奔跑后留下的脚印,另一列是他的脚印,缓慢跨着大步走来和她会合。小镇寂静得有如停摆的时钟。所有人家的百叶窗都还是放下的。

"老天,"薇妮亚说,"好早,真的好早。我好多年不曾这么早起床并跑出来玩了。你听,所有人都还在睡呢。"

他们欣赏着这清晨宁静时刻的树林和纯白的屋宇,在这奇妙的时刻,田鼠正准备回家睡觉,花朵也开始将粉嫩的拳头舒展开来。

"我们往哪里去?"

"挑个方向吧。"

薇妮亚闭上眼睛,转了几圈,然后指着前方。"我指的是哪个方向?"

"北方。"

她睁开眼。"那我们就从小镇北边出发吧。可是我觉得最好不要。"

"为什么?"

他们离开了小镇。太阳升上山顶,将草原上的野草映得鲜绿。

空气里满是发烫的高速公路柏油路面、尘埃、天空和有着葡萄色溪水的溪流气味。太阳是颗新鲜的柠檬。森林就躺在前方,每棵树底下翻搅着有如千万只鸟儿般的暗影,一只鸟儿一叶影,扑扑颤动着。中午,薇妮亚和詹姆斯·康威走过宽广的牧草原。干爽的草地踏在脚下窸窣作响。空气逐渐暖和起来,就像杯慢慢变得温热的冰茶,冰霜在阳光下渐渐融解。

他们从长了刺的野葡萄树上摘了满满一手掌的葡萄。把它们高举在阳光下,可以看见葡萄清澄的思绪悬浮在暗琥珀色的汁液中,有无数个由孤寂的午后和植物学酝酿出的小而炽热的冥思种子。这些葡萄尝起来带有新鲜、洁净的水加上朝露和夜雨的味道。它们是每年照例在四月苏醒的肉躯,准备在八月将它们简单的心得慷慨展示给所有陌生的路人。那就是,坐在阳光下,低垂着头,隐身在一株多刺的葡萄藤内,叶子浓密或光秃都无所谓,然后世界便会向你展示它的奥秘。天空会及时行动,带来雨水,地表将会从你脚下升起将你淹没,让你丰盈,让你圆满。

"吃一颗吧,"詹姆斯·康威说,"吃两颗。"

他们嚼着湿润、饱满的果肉。

他们坐在小溪畔,脱去鞋子,让冰冷如剃刀的溪水割向他们的脚踝。

我的脚不见了,薇妮亚心想。可是她一看,它们还在那儿,在水底下,离开了她也快活自在得很,完全能够适应水陆两栖的生存形态。

他们吃了吉姆带来、用纸袋装的鸡蛋三明治。

"薇妮亚,"吉姆盯着还没咬下的三明治,"我可以亲你吗?"

"不知道,"她想了一会儿说,"我没想过这个问题。"

"你可以考虑一下吗?"他问。

"你邀我来这儿野餐是为了亲我吗?"她突然问。

"噢,千万别误会。今天我们玩得很愉快,我可不想扫兴。可是如果你考虑清楚了,愿意让我亲你,你会告诉我吗?"

"会的。"她说,继续吃第二块三明治,"等我决定了就告诉你。"

这场雨来得很突兀。

它的气味很像苏打水加上酸橙和橘子,再加上全世界最清澄洁净的由雪融解成的溪水,从干热的高空倾盆而下。

开始时,空中一阵骚动,像是薄纱飘舞。云朵轻轻地互相推挤。一阵轻风撩起薇妮亚的头发,叹息着,吹去她唇上的湿气,接着,当她和吉姆开始奔跑,雨点开始猛烈地下坠,但还没碰到他们,过了一会儿,碰触到了,冰凉凉的。他们跳过许多结着绿苔的圆木,在枝叶茂密的大树间疾速穿梭,往森林内更深浓阴郁的地带跑去。

"往这里走!"吉姆大叫。

他们来到一株空心树干,里头非常宽广,够他们挤进里面躲雨并舒适地取暖。他们并肩站着,搭着彼此的手臂。冰冷的雨,滴满他们的鼻梁和脸颊上的雨,让他们直打哆嗦,同时一边大笑。"嘿!"他舔了下她的眉毛,"有水喝呢。"

"吉姆！"

他们聆听着雨声，这包裹着万物的轻柔乐音，雨丝光滑纯净的声响，草丛深处的呢喃；这雨，激起了古朽、潮湿的老树和已躺卧了千百年、霉腐甜腻的落叶的刺鼻气味。

接着他们听见另一种声音。从这温暖、黑暗的树洞上方传来一阵持续的低鸣声，像是有人正在远远的厨房里愉快地烘烤派饼、面皮、淋糖浆、撒下酵母粉。有人在多雨的夏日那温暖、昏暗的厨房准备丰盛的食物并乐在其中，嘴唇微张轻哼着歌曲。

"蜜蜂，吉姆，在上面！蜜蜂！"

"嘘！"

他们看见潮湿温热的狭长树洞顶端有许多细小、闪烁的黄点。最后一批被雨淋湿的蜜蜂正赶着从它们发现的某处牧场、草原或旷野飞回家来，它们从薇妮亚和吉姆头上掠过，穿过这夏日的暖气管，消失在黝黑的洞穴中。

"静静站好。它们不会来惹咱们。"

吉姆将她抱得更紧。薇妮亚也紧抱着他。她闻到他嘴里仍带着野葡萄酸味的气息。落在树端的雨愈狂骤，他们抱得愈紧，并且大笑起来，最后悄悄地任由笑声上扬，融入那群从遥远的原野飞回家来的蜜蜂鸣声之中。有那么一会儿，薇妮亚以为会有一大团蜂蜜滴落在他们头上，把他们永远封在这树干里，从此冻结成琥珀，千年后才被某个偶然经过的人发现，而这当中，树洞外早已不知经历几番风雨、几度沧海桑田。

这里头那么温暖，那么安全而且舒坦，世界仿佛不存在，在这没有阳光的森林深处，只有属于雨天的宁静。

"薇妮亚，"过了一会儿，吉姆细声说，"现在可以吗？"

他的脸好大，又好近，她从没这么近距离地看过一个人的脸。

"可以。"她说。

他吻了她。

大雨在树顶足足狂落了一分钟之久,外头的一切都那么冰冷,而里头的一切则都带着树木的温暖,而且隐秘。

非常甜蜜的吻。友善而且温热,带着杏仁加上新鲜苹果的味道;也像是你夜里醒来,走进黑暗温暖的夏日厨房,喝进冰凉锡杯中的水的那种味道。她从没想过亲吻会如此甜美,对方会对她如此温柔、呵护。他拥抱她的方式也不像刚才为了保护她不被雨淋时那么用力,而像当她是一只瓷钟似的,非常轻柔而且体贴。他闭着眼睛,睫毛黑亮亮的,她是在睁开眼睛随即又闭上的一瞬间注意到的。

雨停了。

突然间一阵寂静,让他们惊觉外面的天气已经变了。此刻,森林里只有悬挂在缠结枝丫间的水声。云层退开,露出一片片晴蓝的天空。

他们有些沮丧地窥探着外头的变化。他们等着雨再度降下,好让他们不得不继续在这树洞里待上一阵子。可是太阳现身了,照耀着万物,这场景也变得平凡无奇了。

他们从树洞里缓缓走了出来,张开双手来稳住步伐,在这所有树干和枝叶上的雨水正迅速蒸发的森林里寻找着路径。

"我们最好赶紧离开这儿,"薇妮亚说,"往那里走。"

他们走出夏日午间阵雨后的森林。

黄昏时,他们跨越小镇边界,手牵手漫步在夏日余晖中。这个下午他们没走多少路,此刻他们沿着一条条街道往前走,沿路盯着脚下的人行道。

"薇妮亚，"他终于开口，"你觉得我们以后还会在一起吗？"

"啊，真是的，吉姆，我也不知道。"

"你想我们是不是在恋爱？"

"噢，这个我也不清楚。"

他们走下溪谷，过桥，到了她住的街上。

"你觉得我们以后会结婚吗？"

"现在谈这个还太早，不是吗？"她说。

"你说得对。"他咬着唇说，"我们可以再一起出来散步吗？"

"我不知道。我不知道。再看看吧，吉姆。"

房子没亮灯。她的双亲还没回家。他们站在她家门廊上，她严肃地握了握他的手。

"谢谢，吉姆，今天真的玩得很开心。"她说。

"不客气。"他说。

他们呆站着。

然后他转身，下了台阶，走过黑暗的草坪。他停在草坪边缘，在暗影中回头说："晚安。"

她回了晚安，可是他已跑得几乎不见人影了。

午夜，有种声音将她惊醒。

她在床上撑起身子，努力想听清楚。爸妈已经回来了，门窗也全都上了锁。不过那是别的声音，一种特别的声音。躺在那儿，望着窗外不久前还是夏日白昼的夏夜，她又听见了那声音，那是一种温暖空穴、潮湿树皮和中空树干的声音。外头下着雨，里头却舒服干爽而隐秘，那是一种蜂群从遥远的原野飞回家来、钻上夏日的暖风管，回到舒适暗房的声音。

在这夏夜的房间里,她伸手触探,突然明白了这声音是从她惺忪、微微笑着的嘴角发出的。

这让她猛地坐起,轻手轻脚下了楼,出了大门来到门廊上,通过潮湿的草坪,站在人行道上,也就是用粉笔画的疯狂跳房子图形一路蔓延到未来的地方。

她赤裸的脚跳上第一个数字,潮湿的脚印一直往十、十二踩过去,咚咚跳着,在第十六格停下,低头望着十七,犹豫着,身体左右摇摆。然后她一咬牙,捏紧拳头,往后蹲下,然后……

向前跳在第十七格的正中央。

她久久地站在那里,闭上眼睛,静静感受着。

然后她跑上楼,平躺在床上,碰触着嘴唇,看会不会从那儿吐出一个夏日午后来,同时聆听着是否会响起那懒洋洋的嗡嗡声,那黄金般的声音。她果然听见了。

最后,也就是这声音,伴她沉沉入睡。

芬尼根

刊于《奇幻与科幻杂志》(The Magazine of Fantasy&Science Fiction)
1996 年

如果说芬尼根事件让我下半辈子都不得安宁,其实是对这件事的影响力太轻描淡写了。直到现在,我都已七十岁了,才有勇气对一个惊讶的警官说出这事件的原委,而他听完之后或许会拿着锄头和铁锹跑去挖掘我所说的真相,或者将我的谎言埋葬。

事情是这样的:

有三个小孩迷了路,失踪了。后来他们的尸体在查塔姆森林里被发现,身上没有明显遭人谋害的痕迹,但都有严重失血现象。他们的皮肤就像过度曝晒、风干的葡萄那样皱巴巴的。

这些小受害者干皱萎缩遗体的出现,使得坊间掀起一波波关于吸血鬼和各种吸血怪物的流言。这些神怪之说使得真相更加暧昧不明。有人说,那一定是来自坟场的怪兽,它吸干了那三个孩子的血,然后将之弃尸,而且还会继续杀害更多人。

这些孩子被葬在神圣的墓园。不久,被称为福尔摩斯的传人,但常谦逊地拒绝这头衔的罗伯特·梅利魏勒爵士在他那栋老房子里的十几道房门间来回穿梭,试图搜寻这可怕的夺命凶手。当然,还有我陪着他,我提着他的白兰地和雨伞,一边警告他当心那片阴暗神秘森林中的草丛陷阱。

罗伯特·梅利魏勒爵士?

正是。还有他那栋紧闭的老房子里的十二道神奇之门。

那些门一直锁着?九年不曾打开过了。它们怎么会出现在罗伯特爵士的老宅里?那是他的收藏品,分别从里约、巴黎、罗马、东京和中美洲运来的。全部送达之后,他把它们全部陈列在较高和较低楼层的房间墙壁上,安上铰链,以便可以看见门的两侧。他带领一些古董迷游览那些怪门,这些人对那些过度装饰、繁复、洛可可风的门板惊叹不已;还有些是被拿破仑的侄子弃置的第一帝国时期的古董门,或者纳粹元帅戈林收藏的门板,而巧的是这两人都先后掠夺过卢浮宫。还有另一些是俄克拉荷马沙尘暴后遗留下来的,躺在板车上被拖回家去,板车上垫着许多在1936年这场美国风暴中遭到掩埋的鲜艳嘉年华传单。说出你最不喜欢的一道门,是他的。说出最精美的一道,也是属于他所有。这些被遗忘的门扉后头,安稳地藏匿着许多绝色美景。

我是来观赏他的门的,不是来看死者。可是在他的命令下,我非看不可。我为了满足好奇心,特地专程搭汽船来到这里,结果却发现罗伯特爵士埋头研究的不是那十几道门,而是另一道隐秘的门。一道神秘、尚未被发现的门。在哪里?一座坟墓里。

罗伯特爵士匆匆带着我前去参观,将那些从北京救回来、在埃特纳火山附近埋藏多年,或从南塔克特岛窃取来的门板打开又关上。然而他正苦恼着,完全无心于这趟原本应该相当愉快的游览。

他描述着不久前这地区降下的一场春雨,让乡野转为一片翠绿色，人们在这种美好的天气中外出踏青，却在某天意外发现一具没了生命的男孩躯体，他的脖子上有两道刀痕。而接下来的几星期中又发现两具女孩的尸体。居民们疾呼要警方抓紧时间破案，他们自己则坐在酒吧里喝闷酒，脸色无奈而又苍白。做母亲的把孩子锁在家里，做父亲的则拿查塔姆森林的悲剧当教材来训诫孩子。

"要不要一块儿去？"罗伯特爵士终于说，"来一趟无比奇特又哀伤的郊游？"

"好的。"我说。

于是我们穿戴上雨天装备，提着装有三明治和红酒的篮子，在某个阴沉的星期天踏入查塔姆森林。

走下山丘进入潮湿阴郁的森林途中，我们趁空回想报纸上关于那些失踪孩子的失血遗体的报道。警方已在森林里搜索了不下几十遍，但徒劳无功，于是周遭居民只好一到黄昏便将大门深锁。

"下雨了。可恶，又下雨了！"罗伯特爵士仰起苍白的脸，灰胡髭在细薄的唇上抖动。他看来憔悴、虚弱又苍老，"我们的野餐就要泡汤了。"

"野餐？"我说，"凶手也会和我们一起吃吗？"

"但愿如此。"罗伯特爵士说，"真的，但愿他会出现。"

我们走过一片忽而起雾忽而阳光乍现、时而树林时而林间空地的土地，最后来到林中一处宁静区域，所谓宁静是由于树木湿黏地簇拥着，以及青苔层层叠叠铺陈着。春天尚未将光秃的枝丫填满。太阳有如极地上的一个圆盘，沉默无语，冷冰冰的，几乎已经僵死。

"就是这里。"罗伯特爵士说。

"那些孩子就是在这儿被发现的?"我问他。

"他们的遗体干得不能再干。"

我望着那片林间空地,想着那些孩子,还有惊愕地站在那儿俯瞰着尸体的人,还有赶来低声说话、到处触摸然后离去、从此消失的警察。

"凶手一直没被逮到?"

"这聪明的家伙一直没有被抓。你的观察力如何?"

"你想观察什么?"

"这里有个陷阱被警方遗漏了。他们总认为这案子是人干的,一直在寻找有着双手双脚、穿着衣服、手持刀子的凶手。他们对凶手是人类的想法太过执迷,以致忽略了这地方有个明显但相当诡谲的特色。喏!"

他用手杖轻敲了一下泥地。

泥地有了动静。我盯着地面。"再敲一次。"我小声说。

"你看见了?"

"我似乎看见有个小活盖打开又关上。手杖可以借我吗?"

他把手杖给了我。我敲了下地面。

果然没错。

"一只蜘蛛!"我大叫,"不见了!老天,它跑得真快!"

"芬尼根[①]。"罗伯特爵士咕哝着。

"什么?"

"那个古老谚语,来去匆匆,芬尼根。你看。"

罗伯特爵士用小刀从泥地里挖出一整块土来,拨掉一点土,露出里头的巢穴。那只蜘蛛从那道薄饼般的小活门仓皇跳出,

[①] In again, out again, Finnegan,源自一个名叫 Finnegan 的火车站长向上司报告火车撞击事件所发的简扼电报内容:Off again, on again, gone again, Finnegan。

落到地上。

罗伯特爵士将巢穴交给我。"摸摸看,很像灰色的天鹅绒。那小家伙可真会盖房子。盖了个小巢,伪装得好好的,警觉地守着,连苍蝇经过它都听得见。然后跳出来,把它抓住,再跳回去,砰地把门关上。"

"没想到你这么热爱大自然。"

"我厌恶大自然。不过这个小家伙和我们有不少共同点。门。铰链。别的蜘蛛我可没兴趣。但我对门的热爱驱使我研究了这个技巧高超的工匠。"罗伯特爵士把玩着那片连着蛛丝枢纽的活门。"多么精巧的手艺!而那些案子都跟这个脱不了关系。"

"你是说那些遇害的孩子?"

罗伯特爵士点点头。"你发现这片森林有什么特殊之处没有?"

"太安静了。"

"静!"罗伯特爵士虚弱地笑着,"非常非常的安静。没有鸟儿、甲虫、蟋蟀或蟾蜍之类的常见生物。连一丝动静都没有。警方也没察觉。他们如何能察觉呢?不过正是这片林间空地的这份无声无息的特色,让我对那几桩谋杀案有了疯狂的想法。"

他双手把玩着那个结构巧妙的巢穴。

"如果我说,有种足够大的蜘蛛,躲在一个足够大的巢穴里,当小孩跑过这里时,忽然听见一种空洞的声响,然后被抓住,轻轻砰的一声便消失在地底,你认为如何?"罗伯特爵士凝视着那些树木。"荒唐?无稽?可是有何不可?进化,淘汰,演进突变,然后——噗!"

他又用手杖敲打着,一道活门开了又关。

"芬尼根。"他说。

天空暗淡了下来。

"又下雨了。"他的灰眼珠冷冷地望着云层,朝雨滴伸出瘦弱的手,"可恶。蜘蛛最讨厌下雨了。我们这位巨大黝黑的芬尼根先生应该也是吧。"

"芬尼根!"我焦躁地大叫。

"没错,我相信它是存在的。"

"比小孩还大的蜘蛛?"

"小孩的两倍大。"

冷风吹来阵阵雨丝,洒得我们满脸满身。"我真不想走。快,趁着还有一点时间。在这里。"

罗伯特爵士用手杖挑开一堆枯叶,两个灰棕色的球形物体露了出来。

"这是什么?"我弯身,"废弃炮弹?"

"不是。"他把那两个灰色球体敲碎,"泥土,没别的。"

我触摸着泥巴碎屑。

"我们的芬尼根挖的。"罗伯特爵士说,"为了建造巢穴,它用它那钳子似的巨大螯肢挖开泥土,滚成球状,用颚一路扛着,然后抛到洞穴外面。"

罗伯特爵士摊开抖动的双手,展示着五六颗小圆球。"这是从小的地底巢穴滚出来的普通泥巴球。玩具尺寸。"他用手杖敲敲我们脚下的大泥球。"瞧瞧这个!"

我大笑。"这一定是孩子们拿泥巴捏的。"

"胡说!"罗伯特爵士气愤地大吼,环顾着周遭的树林和泥地。"我们这位黑暗大使一定就在这附近,从它的天鹅绒活门钻进窝里了。说不定就在我们脚底下。老天,别看!它的门框是倾斜的。这位芬尼根可是大建筑师呢。伪装的天才。"

罗伯特爵士滔滔不绝说着,描述着阴暗的泥地,那只大蜘蛛,它灵活的腿和饥饿的嘴。风在呼啸,树木被晃动。

突然,罗伯特爵士举起手杖。

"糟了!"他大叫。

我来不及转身。我全身僵直,心跳停止。

有东西攫住我的背脊。

我似乎听见一声瓶子被打开的巨响,盖子弹出。然后这怪物爬下我的背部。

"准备!"罗伯特爵士说,"我来打!"

他用手杖猛地一敲。我重重跌在地上。他将那东西从我背上拨开,然后把它提起来。

原来是强风将枯死的树枝折断,树枝甩落在我背上。

我浑身无力,颤抖着试图站起。"白痴,"我连骂了十几遍,"白痴。头号大白痴!"

"白痴,难说。白兰地,倒是可以考虑。"罗伯特爵士说,"喝点白兰地吧?"

穿过一道又一道门扉,终于进入罗伯特爵士这栋乡村宅邸的书房。相当温暖、华丽的一个房间,壁炉里闷烧着一团火焰。我们一边大口嚼着三明治,一边等雨停。罗伯特爵士推测雨势会在八点钟停止。虽说有些不情愿,但等到那时候,我们可以借着月光再走一趟查塔姆森林。我想起那段掉落的树枝,那蜘蛛似的触觉,低头猛灌红酒和白兰地。

"森林里那么安静,"罗伯特爵士吃下最后几口,"什么样的凶手能达到那样安静的境界?"

"一个拥有好几个装有诱饵的有毒陷阱和无限量杀虫剂的聪

明绝顶的凶手，把那里所有的鸟、兔子和昆虫杀光了。"我说。

"为什么要那么做？"

"为了让我们以为那儿有只大蜘蛛，好掩饰他的罪行。"

"只有我们注意到这点，警方并未察觉。凶手为什么要费这么一番功夫，结果却几乎没人发现？"

"为什么会有凶手？你不如这么问。"

"我还是想不透。"罗伯特爵士就着红酒将食物吞下，"这贪婪的怪物把森林里的活物吃得精光。没东西吃了，于是它抓了那些孩子。那种寂静，几桩命案，随处可见的蜘蛛巢穴，那些大泥球，全都符合这假设。"

罗伯特爵士的手指在桌面上到处爬，很像一只白净、长了指甲的蜘蛛。他将两手兜成碗状，高举着。

"蜘蛛巢穴的底部是个猎物桶，昆虫的尸骸掉在里头，蜘蛛就在那儿用餐。想想，我们这位雄伟的芬尼根，它的猎物桶有多大？"

我想象着：我看见一个巨大的长腿生物躲在森林地底的巢穴活盖下。天色昏暗，一个孩子唱着歌跑过。突然，啾的一声，歌声中断了，森林里只剩一片空寂，以及活盖关闭的一声轻柔闷响，而在黑暗的地底，大蜘蛛悄悄挥舞它的长腿，拨弄、缠绞、转动着那个惊骇的孩子。

这样一只巨大蜘蛛的猎物桶会是什么模样？里头躺着多少猎物的残骸？我打起了哆嗦。

"雨就要停了。"罗伯特爵士赞许地点头，"该回森林去了。我已经观察那地方好几个星期了。所有尸体都是在那片半开放的林间空地范围内发现的。那儿也就是刺客——如果是人类干的——现身的地点。或是那个擅长吐丝、挖土、设计精巧活门的高明建筑师的狩猎地点。"

"你非告诉我这些不可吗?"我抗议道。

"还有呢。"罗伯特爵士喝下最后一口红酒,"那些可怜的孩子,他们的尸体被发现的时间正好都相隔十三天。这表示我们这位可憎的八脚隐身猎人每隔两星期就得进食一次。今晚是最后一个孩子的干瘪尸骸被发现后的第十四个晚上。今晚我们这位朋友非再度出来觅食不可。因此,再过一小时,你就可以和伟大恐怖的芬尼根会面啦!"

"正因如此,"我说,"我更想多喝几杯。"

"我走了,"罗伯特爵士通过一道路易十四时代的古董门,"去寻找我这辈子最后一道也是最神秘难测的一道门。你也来吧。"

可恶。我真的跟着去了。

天色已黑,雨也停了,乌云散去,露出一轮清冷不安的月。在我们自身无言的静谧以及荒凉小径和林间空地的寂静中,我们不断往前走。罗伯特爵士递给我一把银色小手枪。

"其实没什么帮助。杀死蜘蛛是很棘手的事。很难判断该从哪个部位下手。万一你失手,恐怕就没机会开第二枪了。那讨厌的东西,不管体型大小,动作都快得让人傻眼。"

"谢了。"我看着手枪,"我需要喝一杯。"

"没问题。"罗伯特爵士递给我一只银酒壶,"尽量喝吧。"

我喝了几口。"你呢?"

"我带了自己的酒瓶。"罗伯特爵士举起它说,"时候到了才喝。"

"等什么呢?"

"我必须吓吓那个畜生,可不能在和它面对面时喝醉了。被它抓住前的四秒钟，我会迅速喝下这瓶带着惊奇的拿破仑的饮料。"

"惊奇？"

"等着吧，到时候你就知道了。还有这个黑暗杀手也是。好啦，朋友，我们在这儿分开吧。我往这边，你往那边。可以吧？"

"万一我胆怯了？那是什么？"

"拿去。"他交给我一封密封的信，"要是我失踪了，就向警方大声念出这封信。这样他们就能循着线索找到我和芬尼根了。"

"拜托，别再说了。我觉得自己像个傻瓜一路跟着你，而这个芬尼根，如果真有这东西的话，它则舒服安稳地躲在地底下，说：'瞧上面那些笨蛋，到处跑，挨冷受冻的。那就让他们冻死吧。'"

"但愿不会。你快走吧。我们走在一起，它是不会现身的。看我们落单了，它才会从门缝探头，用它那圆亮的眼珠观察情势，然后嘶地关上门，你我当中的一个就消失了。"

"别找我，拜托。千万别找我。"

我们继续走了大约六十尺远，在昏暗的月光下逐渐看不见对方。

"你在吗？"罗伯特爵士在遥远的浓荫中喊着。

"真希望我不在。"我回喊。

"继续走吧。"他说，"可别跟丢了。走近一点，就快到达现场了。我感觉得到，我几乎可以——"

最后一抹云消散了，明亮的月光下，只见罗伯特爵士舞动着天线般的双手，眼睛半闭，急切地喘息。

"近点，近一点。"我听见他气喘吁吁地说，"就快到了。稳着点。也许……"

他突然静止。他的神情让我很想冲过去，把他拖离那片他选择停留的危险草坪。

"罗伯特爵士，老天！"我大叫，"快跑！"

他纹丝不动。一条手臂在空中飞舞、搜索、探触，另一只手往下探，摸出一只银质白兰地酒壶。他将它高举在月光下，向厄运干杯。接着，他迫不及待仰头喝下一口、两口、三口，我的天，他一口气灌下了四大口。

他张开双臂，在风中摇摆着，头往后一甩，像孩子似的大笑，将最后一口神秘饮料喝下。

"好了，芬尼根，地底下的！"他大叫，"出来抓我吧！"

他用力地跺着脚。

胜利地呐喊着……

然后倏地消失。

就在一瞬间。

突如其来地，一丛阴暗的灌木从地底咻地升起，将他吸入，接着是人体坠落的声音，门扉砰一声关闭。

草地上空荡荡的。

"罗伯特爵士。快跑！"

可是没人响应。

我顾不得自己也可能被抓走、消失，急忙冲向罗伯特爵士刚才豪爽举杯的地点。

我站在那里，望着草坪和树叶，四下除了我的心跳声之外寂静无声。树叶被风扫开，底下只有碎石、干草和泥土。

我一定是抬着头像狗一样对着月亮狂吠，然后跪下来开始没命地挖土，慌忙寻找活盖和地底巢穴，那里头有只怪物正悄悄挥舞着长腿，吐丝将它的猎物缠裹成木乃伊，而很不幸的是，那个猎物是我的朋友。这是他探索的最后一道门，我狂乱地想着，大喊我朋友的名字。

我只找到他的烟斗、手杖，还有空的白兰地酒壶，那是他从这夜晚、从生命、从世界隐遁而去时留下的。

我摇摆着站起，对着毫无响应的地底连开六枪，真是蠢到了家，然后趔趄地走到他的葬身之处，他那封闭的坟墓上，仔细听着是否有隐约的呼喊或尖叫声。可是什么都没有。我兜着圈子奔跑，唯一的武器就是拼命哭喊。我很想整晚待在那里，但被枯叶落下或蜘蛛般的断裂树枝阴影搅得心神不宁。我逃走了，对着暗云掩月的孤寂天空大叫着他的名字。

到了他的宅邸，我慌张地敲门，哀号着猛拉把手，然后突然想起，门是朝里面推开的，没有上锁。

我独自在书房里，只有酒精帮助我保持清醒，然后开始读那封罗伯特爵士留下的信：

亲爱的道格拉斯：

我老了，见识过这世界了，但我没疯。我的药剂师给了我一剂毒药，我将把它混入白兰地，带进森林里，并将它全部喝下。芬尼根不知道我身上有毒，肯定会把我当成猎物。现在你明白了吧。在我死后几分钟内，我将成为置它于死地的武器。我想，世上再也没有比它更巨大恐怖的生物了。一旦它死了，灾难也就结束了。

年纪一大，人就变得特别好奇。我不害怕死亡，因为我的医师告诉我，就算没发生意外，我也会死于癌症。

我也考虑过用有毒的兔子当诱饵。不过这么一来，我将永远不会知道它的藏匿之处,或它是否真的存在。芬尼根将会无声无息地死在它的隐秘巢穴里,而我呢,也就永远无法见识到了。这么做,我至少会有一瞬间是明白的。你可以担心我,羡慕我,或为我祈祷。很抱歉将你独自留下,连声道别都没说。亲爱的朋友,此去珍重。

我把信折好,泪流不止。

从此再也没有他的消息。

有人说罗伯特爵士是自杀,自导自演,总有一天我们会发现他那失踪已久的诡异遗体,发现是他杀害了那些孩子,而他对门与铰链的热爱促使他狂热地研究起这一品种的蜘蛛,进而设计、建造了前所未有的巧妙活门和巨大蜘蛛巢穴,而他就当着我的面跳入那里头寻死,试图将一切罪过推给神秘离奇的芬尼根。

可是我没有发现巢穴。我也不相信有任何人能建造这样的巢穴,就算像罗伯特爵士那样对门抱着莫名狂热的人也一样。

我只想问,人真的会杀人、抽干他们的血,然后挖掘一个地底洞穴吗?动机是什么?建造史上最精巧的逃生出口?这太疯狂了。还有,那些看似从蜘蛛巢穴抛出的巨大灰色泥球又该怎么解释?

芬尼根和罗伯特爵士正彼此紧拥着躺在地底深处某个缠满蛛丝的暗穴中。他们是不是彼此的化身?很难说。不过谋杀案中止了,查塔姆森林里又见兔子蹦跳,树丛间也群聚着蝴蝶和鸟儿。春天再度降临,孩子们到处喧闹奔跑,林间空地不再寂静无声。

芬尼根和罗伯特爵士,安息吧。

草坪上的女人

刊于《奇幻与科幻杂志》(The Magazine of Fantasy&Science Fiction)
1996年6月

夜深时,他听见家门前的草坪上传来啜泣声。有女人在哭泣。从声音听来,他知道那不是小女孩,也不是成年女子,而是十八九岁的女孩哭声。哭声持续着,然后逐渐变小,终至停止,不久后又开始,随着夏末微风往这儿那儿飘扬。

他躺在床上听着那哭声,渐渐地眼眶里充满泪水。他转身,闭上眼,任由泪水流下,却阻挡不了那哭声。都这么晚了,为何会有年轻女子在外头哭个不停呢?

他坐起,哭声停了。

他从窗口往外看。草坪上是空的,但覆盖着一层露珠。一排脚印通往草地中央不久前有人在那儿转身之处,另一排脚印则通往屋后花园。

一轮满月高挂空中,月光洒满草坪,此刻除了那些脚印,已不再有哀伤的哭声。

他离开窗口,突然觉得一股寒意袭来,于是下楼去热了杯巧克力喝。

第二天,直到傍晚他才又想起半夜哭声的事,而且依然认为那必定是某个住在附近、生活不顺遂的女人,也许进不了家门,需要找个地方宣泄悲伤。

然而……

当天色渐黑,他发现自己一下巴士便匆匆赶回家,步伐之慌乱连他自己都吓了一跳。为什么?怎么会有这种事?

白痴,他心想。不过是个看不见的女人在你窗外哭泣,而一天后的傍晚,你竟然为此吓得差点儿跑了起来。

没错,他想着,可是她的声音。

很悦耳吧?

不。很耳熟。

他曾在哪儿听过类似的声音,无言的哭声?

他能问谁呢?他单独住在这屋子里,双亲早就不在了。

他转进家门前的草坪,愣愣地站着,有些失望。

他以为会看到什么?有个女人在那儿等着?他真的孤单到这地步,连夜半女人的哭声都能撩起他的伤感?

不。事情很简单:他必须知道那哭泣的女人是谁。

而且他很确定,今晚睡觉时她一定会再度出现。

他十一点就寝,凌晨三点醒来,很担心自己错过了奇迹什么的。也许是某个邻近城镇被雷电击毁,或者地震摧毁了大半个世界,而他竟然在睡大头觉!

他心想,傻瓜。然后掀开被子走到窗口,发现自己真的错过了。

因为草坪上又出现了小巧的足迹。

而他连哭声都没听见。

他很想跑出去瞧瞧那些脚印,但这时有辆警车缓缓经过,在空无一物的黑夜中搜索着。

要是那辆警车绕回来，发现他在草坪上徘徊、刺探、摸索，该怎么解释？摘首蓿花？拔蒲公英杂草？怎么说才好？

犹豫让他身体僵硬。下楼，还是不下楼？

他愈是努力回想那可怕的哭声，记忆便愈是模糊。要是他再错过一晚，也许就会全忘光了。

在他背后，卧房里的闹钟响了。

可恶！他心想。我把它设定在几点钟了呢？

他关掉闹钟，坐回床上，身体轻轻摇晃，等待着，眼睛紧闭，聆听着。

风突然转向。窗口的树丛低吟、骚动起来。

他睁开眼睛，向前倾身。微弱的女人哭声由远而近，现在到了窗下。

她又来到他的草坪上了，并未从此消失。别妄动，他心想。

她发出的声音乘风而上，透过窗帘飘进他的房间。

小心了。要小心，但必须迅速。

他移向窗口，往外看。

她站在草坪中央啜泣，暗色长发垂在肩头，脸颊闪着泪光。

她两手在身侧颤抖、头发在风中飘动的模样让他惊愕得差点摔倒。

他认得她，但又不认得。他见过她，但又从没见过。

转过头来吧，他想着。

像是听见了似的，那年轻女子在草坪上半蹲下来，垂着头，哭得更伤心凄惨了，这让他想要大喊：天哪！真令人心痛！

又被她听见了似的，她突然抬起头来，暂缓哭泣，仰头对着月亮，好让他看清楚她的脸。

他的确在哪里见过那张脸，但那是在哪里呢？

一颗泪珠淌下。她眨着眼睛。

看来就像照相机快门一闪，拍下一张照片。

"老天！"他惊呼，"不会吧！"

他转身，跌撞着冲向衣柜，慌乱中撞倒了一堆相簿盒子。他在黑暗中摸索着，打开衣柜灯，一连将六本相簿丢在一旁，终于拿起一本来，急切地翻着。他大叫一声，停住，凑近一张照片细看，然后摸索着回到窗边。

他望着草坪，又回头看着那张老旧泛黄的照片。

没错，是同一个人。那个影像震撼了他的眼睛，他的心。他浑身颤抖，情绪非常激动。

他靠在相簿上，靠在窗框上，几乎大叫起来。

你！你竟敢回来！竟敢返老还童！竟敢变身成什么？一个纯真的女孩，深夜在我院子里晃荡？你根本不曾那么年轻过！从来没有！可恶，诅咒你的热情，诅咒你那狂野的灵魂！

他没有叫喊或说出这些话来。

然而他的眼睛必定是像灯塔般闪了一下。

因为草坪上那年轻女子的哭声停止了。

她仰头观望。

就在这时，他手上的相簿滑落，穿过敞开的窗户，像只暗色的鸟儿拍翅坠落在泥地上。

年轻女子发出一小声尖叫，转身跑开了。

"不，别走！"他大叫，"我不是故意的——回来！"

几秒钟后，他已经下楼，出了门廊。门在他背后枪响似的砰一声关上。这爆裂声吓得他呆立在栏杆前。不远处的草地上只留下一排足印。街道左右两边只有空荡荡的人行道和树影。树丛后方一户人家的楼上窗口传出收音机的声音。远处交叉路口一辆车子呜呜开过。

"等一下,"他轻声说,"回来。我不该说——"

他愣在那儿。刚才他什么都没说,只是想。

可是他的愤怒,他的妒意?……

她全都感觉到了。不知怎的她听见了。现在呢?

她再也不会回来了,他想。老天!

他在门廊阶梯上坐了一会儿,静静地咬着指关节。

凌晨三点,他躺在床上,似乎听见一声叹息和草坪上的脚步声,于是等待着。地板上的相簿安静地躺着。尽管它没打开,他依然可以清楚看见并认出她的脸。但这绝对不可能,太疯狂了。

他入睡前的最后一个念头是:鬼魂。

前所未见的怪异鬼魂。

某个死去之人的鬼魂。

某个活了很久才死去的人的鬼魂。

可是这人是借着别人的灵体回来的。

一个非常年轻的鬼魂。

鬼魂回来时,不都是他们死时的年纪吗?

不。

至少这个不是。

"为什么……"他自语着。

然后他的呓语被梦境淹没。

一晚过去了,接着又一晚,另一晚,草坪上除了一轮脸庞从满盈到扭曲的月亮光芒外,什么都没有。

他等着。

第一晚，一只不像是偶然出现的猫在凌晨两点走过草坪。

第二晚，一只狗小跑着通过草坪，舌头就像松垂的红领带挂在嘴边，边走边冲着树丛微笑。

第三晚，一只蜘蛛从十二点二十五分到四点间，在草坪和树丛间的空中编织着怪异的钟形网，一只鸟儿飞过草地时撞在了网子上。

星期天他几乎睡了一整天，到了傍晚才在不算严重的炎热中醒来。

第五天，薄暮深浓时，灰黑的天色，加上风斜倚着树丛以及月亮高高升起、搭好布景的姿态，似乎都预告着她的再度到来。

"好了，"他略略提高声音说，"来吧。"

可是到了午夜，毫无动静。

"快来吧。"他悄声说。

一点钟，没有动静。

你非来不可，他想着。

不对，请你来吧。

他睡了十分钟，在两点十分时突然醒来，走到窗前——

她应该在的。

她果然在。

起初他没看见她，还咕哝着抱怨，然后，他远远看见在草坪边缘一棵大橡树底下有动静，一只脚伸了出来，她踏出一步，站得笔直。

他屏住呼吸，调整心跳，告诉自己转身、走路然后确实踏出每一步，一边计算着，十五、十四、十三，在黑暗中从容前进，六、五、四，最后是一。他轻轻打开纱门，来到门廊上，唯恐惊扰了那或许正等着他的人。

她没看见他。然后……

她做了个很有意思的动作。今晚她将头发在脑后挽成小髻。这会儿她优雅地举起白皙的手臂，用手指轻轻一点，轻柔地将发髻松开。

头发像深色旗帜般飘落，在她肩头轻轻摇摆，暗影让她看来仿佛抖动着肩膀。

晚风吹动她的长发，发丝在她脸颊、下垂的双手间舞动。

月亮在每棵树下布置的黑影，仿佛受到这动作感召似的一起弯身。

万物在睡梦中被晃动着。

微风轻拂，年轻女子等着。

可是并没有脚步声沿着人行道响起。街道远方也没有住户打开大门。没有窗户拉起。没有任何门廊出现动静而吱嘎吱嘎地摇晃。

他又朝着那片夜间的小草坪踏出一步。"你是谁？"

她倒抽一口气，往后退。

"不，"他柔声说，"别害怕。"

她又浑身打起了哆嗦。原本带着希望、期待的脸上这会儿充满恐惧。一手压住飞舞的头发，另一手半遮着脸。

"我不会过去的，"他说，"相信我。"

她犹豫着，紧盯着他瞧，渐渐放松了肩膀，嘴边的线条不再紧绷。她整个身体感应到了他话中的真实。

"我不明白。"她说。

"我也是。"

"你怎么会在这里？"

"我也不知道。"

"我又怎么会在这里?"

"你是来和某人见面的。"他说。

"是吗?"

镇上的大钟远远地敲响凌晨三点。

她聆听着,脸色一沉。

"可是这么晚了,这时候没人会在院子草坪上闲晃的。"

"如果必要的话,还是有的。"他说。

"有什么必要呢?"

"如果我们能谈谈,也许就会知道了。"

"谈什么呢?"

"谈你为什么会在这里。如果我们谈得够久,就会知道的。当然,我知道自己为什么在这里。因为我听见你哭。"

"啊,真难为情。"

"没关系的。为什么要为自己的眼泪难为情呢?我也常哭,但是之后我会大笑。可是得先哭过才会大笑。说吧。"

"你真是个怪人。"

她按着头发的手放了下来。另一只手也移开,露出充满好奇的脸庞。

"我以为只有我懂得哭是怎么回事。"她说。

"每个人都这么想。我们不会把这种小秘密告诉别人。严肃的人从不在别人面前哭泣。疯狂的人则是因为眼泪早已流干了。尽管哭吧。"

"我哭完了。"她说。

"你随时都可以再哭。"

她扑哧笑了出来。"噢,你真是个怪人。你是谁?"

"这个待会儿会谈到的。"

她越过草坪打量着他的双手、他的脸、他的嘴,还有他的眼睛。

"啊,我认识你。但是在哪里认识的呢?"

"说穿了一文不值。反正你也不会相信。"

"我会相信的。"

轮到他轻声大笑起来。"你非常年轻。"

"才不呢,十九岁,已经老了。"

"女孩从十二岁到十九岁这阶段的确变化非常大。我不知道,但应该没错吧。好啦,请你告诉我,三更半夜的你在这里做什么?"

"我——"她闭上眼睛思索,"我在等。"

"等什么?"

"而且我很难过。"

"是等待让你难过,是吗?"

"嗯,我想是吧。"

"而且你也不清楚自己在等什么,对吧?"

"噢,要是我知道就好了。我一心一意地等待。我也不知道,反正是一心一意。我也不懂为什么。我没救了。"

"不,你只是跟那些成长得太快又要求太多的人一样罢了。我想从很早以前,就有女孩和女人会跟你一样在深夜溜出来。不只在绿镇这里,在开罗、亚历山大、罗马或夏天的巴黎,只要有个隐秘的地方,时间晚了又没人看见的话,她们就会起床跑到屋外,像是有人呼唤着她们的名字——"

"没错,有人呼唤我!这就对了!有人叫我的名字。这是事实。你怎么知道的?是你吗?"

"不是。是某个我们都认识的人。今晚,不管你住在哪里,你回床上睡觉时就会知道他是谁了。"

"就是那里啊,你后面的房子。"她说,"那是我家,我在那里出生的。"

"我也是。"他大笑着说。

"你?怎么可能?你没弄错吗?"

"没有。总之,你听见有人叫你,于是跑了出来——"

"是啊。好几个晚上了。可是,这里根本没人。应该有人才对,不然我怎么会听见声音呢?"

"总有一天你会找到符合那个声音的人。"

"啊,别开玩笑了。"

"不是玩笑。相信我。一定会的。那些在其他年代、其他地方,在仲夏或残冬跑到屋外的所有女人也都会找到。她们冒着寒冷站在雪堆上,在午夜的雪中聆听、寻找着陌生脚印,四下却只有只老狗一脸傻笑着蹒跚地走过。哎,真是的。"

"对啊,真是的。"她脸上露出短暂的微笑,这时月亮已脱离云层远走,"很傻吧?"

"不傻。男人也一样。十六七岁的时候他们也常去散步。不过他们不会守着一片草坪等着,不会的。可是老天,他们真会走啊!从午夜起连着走上好几里路,一直走到天亮,然后满身疲惫地回家,瘫倒在床上。"

"真可惜,那些站着等待,还有那些整夜走个不停的人,他们没办法——"

"相遇?"

"对啊。你不觉得很可惜吗?"

"他们终究会相遇的。"

"才不,我永远不会遇上任何人的。我又老又丑又糟糕,不知道有多少个晚上，我听见那个声音然后跑来这里，可是什么都没有，我真的好想死掉。"

"噢，可爱的年轻女孩，"他柔声说，"别死。骑士已经上路，你就快得救了。"

他的语气是那么的笃定，让她又抬起头来，因为她一直凝视着自己的双手和握在手中的自己的灵魂。

"你很清楚，对吧？"她说。

"是的。"

"你真的知道？你没撒谎？"

"我发誓，我说的都是事实。"

"再多说一些。"

"没什么好说的了。"

"说嘛。"

"一切将会如你所愿。很快的，某个晚上，有个人会呼唤你，当你出来寻找时，会发现他们真的就在那儿。游戏就结束了。"

"你是说捉迷藏？可是也未免玩得太久了吧。"

"就快结束了，玛丽。"

"你知道我的名字！"

他愣住了，感到些许困惑。他本来没打算说出口的。

"你怎么知道的？你到底是谁？"她问。

"今晚睡觉时你就会知道了。如果我们谈得太多，不然是你、不然是我，我们其中一个就会消失。我不敢确定我们当中谁是活人，谁是鬼魂。"

"我不是鬼魂！绝对不是我。我有感觉。我不是虚幻的。你看！"她说着抹去眼皮上残留的泪水，伸出手掌来给他看。

"噢，的确是真的眼泪。那我才是鬼魂了，亲爱的女孩。我特地来找你,好让你安心。你相信有特别的鬼魂吗?"

"你是吗?"

"我们当中有个人是。或者两个都是。年少之爱的鬼魂,或者未出生者的鬼魂。"

"那就是我的身份和你的身份吗?"

"这种似是而非的事很难解释清楚。"

"不知道你怎么想,不过我觉得你没救了,我也一样。"

"这样吧,你就当我不是真的人,也许会好一点。你相信鬼魂吗?"

"应该相信吧。"

"我常想象这世上有些特别的鬼魂。我说的不是死者的鬼魂,而是需求与欲求——或者你也可以说是欲望——的鬼魂。"

"我不懂。"

"你可曾在傍晚或深夜时躺在床上,热烈梦想着某件事,然后醒来,感觉自己的灵魂飞了出去,就像一条长长的、纯白色的床单被用力甩到窗外?你极度渴望得到什么,于是你的灵魂便飞奔出去追随它?"

"有……我有过!"

"男孩会这样,男人也会。我十二岁时读过不少巴勒斯[①]的火星小说。约翰·卡特[②]经常站在星空下,对着火星高举双手,渴望着被带走。结果火星抓住他的灵魂,拔牙似的将他拉上太空,让他降落在死寂的火星海洋上。男孩就是这样,男人也是。"

"那女孩、女人呢?"

"她们当然也会做梦。她们的鬼魂来自她们的肉体。活生生

---

① Edgar Rice Burroughs,美国科幻小说作家,泰山系列小说的作者。
② John Carter,埃德加·赖斯·巴勒斯畅销小说中的主角。

的鬼魂。活生生的欲求。活生生的愿望。"

"这些鬼魂会在冬天深夜跑到屋外的草坪上吗?"

"大致上是这样。"

"那我是鬼魂了?"

"没错,欲求太多的鬼魂,欲望无比震撼,差点把你震碎,又多得足以致命、却杀不了你。"

"你呢?"

"我应该算是来响应的鬼魂。"

"回应鬼魂。真有趣的表述。"

"是啊。你有疑问,而我知道答案。"

"快告诉我。"

"好吧。女孩,小女人,答案就是,等待的时间就快结束了。你的渴望不久就会得到满足。不久将会有个声音呼唤你,而当你——完整的你,你的欲求的鬼魂连同你的身体——出来寻找时,将会发现那儿有个符合这个呼唤声的男人。"

"啊,如果这不是真的也千万别说出来。"她的声音颤抖,眼里闪着泪光。她再度防卫似的半举着手。

"我无论如何都不会伤害你,我只是来告诉你答案的。"

镇上的钟声再度回荡在深夜中。

"很晚了。"她说。

"非常晚了。你走吧。"

"你没别的话要说了吗?"

"你不需要知道太多。"

大钟的余音逐渐退去。

"多奇怪,"她咕哝着,"提问的鬼魂,回应的鬼魂。"

"还有比这更好的鬼魂吗?"

"应该没有了。我们是双胞胎。"

"而且比你认为的还要亲密。"

她踏出一步,低垂着头,然后雀跃大叫:"你看,我会动呢。"

"是的。"

"你刚才说,男孩子常会走上一整夜,一走就是好几里?"

"是的。"

"我可以现在就进屋去,可是我睡不着。我也得去走走。"

"那就走吧。"他柔声说。

"可是我该往哪走呢?"

他说:"这个嘛……"接着突然就明白了。他知道该教她往哪儿走,而且突然气愤自己竟然知道,气愤她开口问起。一股妒意涌上心头。他很想一路冲到某个年轻人住着的一栋房子,打破窗子,烧掉屋顶。

可是,万一他真那么做了,会有什么后果?

"什么?"她还在等着他回答。

好了,他想,你非告诉她不可。逃不了的。

因为,要是你不告诉她,你这愤怒的傻瓜就永远不会出生在这世上。

他忍不住狂笑起来,这是对这一整夜、这一切和他种种疯狂想法终于释怀的大笑。

"你想知道该往哪里去?"他终于开口。

"当然了。"

他点点头。"一直走到转角,往右走四条街,再往左走一条街。"

她迅速复述着他的话。"那我最后该停在哪里?"

"绿园街十一号。"

"噢，谢谢，谢谢你！"她跑了几步，又停下，一脸困惑。她两手轻轻地捂着胸口，嘴唇颤抖着，"真傻。我不想离开。"

"为什么？"

"因为……我怕再也见不到你了。"

"会的，三年后。"

"你确定？"

"我的样子会跟现在不太一样，不过那是我没错。而且你会认识我一辈子。"

"啊，我好高兴。你的脸很眼熟，我好像早就认识你了。"

她缓缓地迈出步伐，边回头看着站在屋子门廊边的他。

"谢谢，"她说，"你救了我一命。"

"也顺便救了我自己。"

一棵树的影子落在她脸上，像是在抚摸着她的脸颊，并在她的眼里游移。

"天哪。女孩总是半夜躺在床上，为自己将来的孩子取一长串名字。真傻。乔、约翰、克里斯多夫、萨缪尔、史蒂芬。而现在，威尔。"她摸着微微起伏的肚子，举起手来指着站在黑暗中的他，"你叫威尔？"

"是的。"

泪水从她的眼中流出。

他也跟着落泪。

"噢，真是太好了，太好了。"最后她说，"我可以走了。我再也不会在草坪上徘徊了。感谢老天，谢谢你。晚安。"

她隐入草坪那头的暗影中，沿着人行道走远。他看见她在远远的街角转身、挥手然后消失。

"晚安。"他轻声说。

他想着,是我还没出生,还是她已去世多年了?究竟是哪种情况?

月亮飘进云层中。那个景象使他跨步走上门前台阶,他停下脚步,回头看着草坪,然后进屋,关上大门。

一阵风吹过树丛轻摇。

月亮再度现身,俯瞰着一片罗列着两排脚印的草地,一排往那个方向,另一排往另一个方向,随着夜色深沉,在露水中一点点消失。

等到月亮滑下天际,草坪上已经空荡荡的,不留一点痕迹,只是沾满露珠。

镇上的大钟在清晨六点敲响。东方的天空一片火红。公鸡开始啼叫。

温柔的谋杀

收录于本书
1996 年

约书亚·恩德比半夜醒来,感觉有人将手指搁在他的喉咙上。

一片漆黑之中,他虽然看不见但感觉得出是妻子瘦弱的身躯骑在他胸膛上,两手颤抖着不停拨弄、紧勒着他的脖子。

他睁大眼睛。他知道她想做什么。这太荒谬了,让他忍不住想放声大笑。

他那驼背又有黄疸病的八十五岁的妻子正试图勒死他。

她高踞在那儿,嘴里散发出朗姆酒和苦药的气味,醉鬼般地摇晃着身体,当他是玩具似的瞎摸一阵。她暴躁地叹气,细瘦的手指开始出汗,气喘吁吁地说:"为什么你不,噢,为什么你不……"

为什么我不怎样?他躺在那儿,迷茫地想着。他吞咽了一下,喉结滑动的细微动作让他的脖子脱离了她无力的掌控。为什么我不死掉,是这样吗?他悄声喊出。他又躺了一会儿,担心她会不会又恢复了力气来掐他。但她没有。

他是否该开灯面对她?她会不会看起来像个傻瓜,像一只跨坐在可恨丈夫身上的瘦鸡,而他则忍不住大笑?

她的双手仍然放在他的锁骨上。

"你可不可以——"他转身,假装昏睡着,"可不可以请你——"他打着呵欠。"睡过去你那边?对了,乖女孩。"

蜜西在黑暗中移动。他听见冰块叮叮作响。她又下床去喝朗姆酒了。

次日中午,老约书亚和蜜西在花园凉亭里交换彼此手上的酒杯,他们边晒太阳,边等待午宴客人的到来。他给她开胃酒;她给他雪利酒。

静默中,两人注视着酒杯,迟迟不喝。他抚弄着酒杯,一只白色大钻戒在他中风瘫痪的手上闪闪发光。那光芒让他畏缩了一下,然后鼓起勇气说:"蜜西,"他说,"你也知道,你活不久了。"

蜜西躲在一丛插在水晶碗里的黄水仙后,这会儿探出头来看着她那干瘪的丈夫。两人都注意到对方的手在发抖。她穿着深蓝色裙装,身上挂着赴宴的沉甸甸的冰冷珠宝,两只耳朵垂着晶亮的小圆珠,唇上是猩红色口红。她活像是古巴比伦的娼妓,他冷冷地想着。

"真奇怪,亲爱的,真的很奇怪。"蜜西含蓄地哑着嗓门说,"才在昨晚——"

"你想到了我?"

"我们得谈谈。"

"是啊,是有这必要。"他像尊蜡像似的靠在椅子上,"不急。不过要是你杀死我,或者我杀死你(哪一种都无所谓),咱们都得护着对方,好吗?噢,别一副吃惊的样子,亲爱的。我很清楚昨晚你骑在我身上,死命掐住我的脖子,我还听见酒杯碰撞还是什么的声音。"

"老天啊。"蜜西的脸颊泛出红晕,"你一直都醒着吗?我真丢脸。我想我最好进去躺着吧。"

"胡说。"约书亚阻止她,"要是我死了,你应该受到保护,免予任何人的指控。同样地,要是你死了,我也一样。既然——除掉——对方容易得就像上断头台或吃薯条,那又何必多此一举呢?"

"有道理。"她赞同地说。

"我们得下点功夫来……来调情。在朋友面前表现出恩爱的样子,送对方礼物等。我会列张买花、钻石项链的清单。你呢,可以买高级皮夹和金杖头手杖送我。"

"我得说,你还真有一套。"她坦承道。

"如果我们表现出一副浓情蜜意的样子,别人要怀疑也难。"

"其实,"她疲倦地说,"我们当中谁先死根本无所谓,约书亚,只不过我真的老了,很希望这辈子至少能做对一件事。我一直是个三脚猫。好久之前我就不再喜欢你了。爱你,当然,不过那是几千年前的事了。我们从来就算不上好朋友。要不是为了孩子——"

"那都是骗人的。"他说,"咱们只是两个没事做、坐着等死的老怪物,一天到晚拿这题目互相消遣。不过,要是我们订些规则,干净利落地执行它,那就扯平了,这样或许还会死得痛快些。你构思这谋杀计划多久了?"

她微笑着说:"记得上星期去看歌剧吧?你在路边滑倒,差点被车子辗过?"

"老天啊。"他大笑,"我还以为有人推撞咱们呢。"他身体前倾,哈哈地笑着,"好吧。上个月你在浴缸里跌倒?那是我在浴缸里抹了油。"

她想也没想,叹了口气,喝下大半杯开胃酒,然后愣住。

他看出她的心思,也啜了一口他的酒。

"对了,这酒没毒吧?"他闻着酒杯。

"别傻了。"她说,用蜥蜴般的尖舌探触着她的酒,"他们会在你胃里化验出残留物的。不过你今晚洗澡时记得检查一下热水。我把温度调高了,说不定会引发中风。"

"你骗人!"他轻笑着。

"我真的想过。"她坦承。

门铃响起,没有平时的雀跃,听起来倒像是在哀悼。瞎扯!约书亚暗想。胡说!蜜西想着,然后又开心地说:"我们把午宴的客人给忘了!一定是葛里夫妇来了。他很无趣,不过是个好人。快整理一下领子。"

"紧得要命,浆得太硬了。这是想勒死我的新伎俩对吧?"

"可惜我没想到。快点,咱们走吧。"

两人手挽着手,傻子似的大笑着,大步前去迎接差点被遗忘的葛里夫妇。

他们送上鸡尾酒。两个老家伙并肩坐着,亲密校友般十指交握,冲着葛里先生的冷笑话不怎么热诚地大笑。他们倾身向前,向他露齿微笑着说:"噢,这笑话真不错!"这话说得大声,接着又彼此悄声耳语着:"想到新点子了吗?""在你浴缸里放电须刀如何?""挺不赖的!"

"然后帕特对麦克说!"葛里先生高声说。

约书亚压低声音对蜜西说:"要知道,我不喜欢你的程度几乎快跟初恋时的甜蜜程度差不多了。而你现在竟然开始教我搞起破坏了，怎么会呢？"

"当老师准备好了，自然就会有学生找上门来。"蜜西小声说。

一阵阵笑声翻转回旋着。屋里充满令人眩晕的轻快气氛。"于是帕特对麦克说，你自个儿来吧！"葛里先生高声说。

"这个好！"每个人都在喝彩。

"好了，亲爱的，"蜜西朝她年老的丈夫挥挥手说。"你也说个笑话吧。不过，"她机巧地补充，"亲爱的，请你先跑趟地窖，去拿瓶白兰地来。"

葛里先生立刻殷勤地上前说："我知道地窖在哪里。"

"噢，葛里先生，您就别客气了。"

蜜西慌乱地阻止。

可是葛里已经跑出房间。

"噢，糟了，糟了呀。"蜜西大叫。

不久，地下室传来葛里的尖叫，紧接着轰的一声巨响。

蜜西仓皇地冲出去，片刻后回来，一手抓着胸口。"真要命。"她哀号着，"你快过来。我想葛里先生从地窖楼梯上摔下去了。"

翌日清晨，约书亚·恩德比忙乱地走进家门，拖着一块足足有五尺长三尺宽、排列着许多手枪的绿色大毡板。

"我回来啦！"他大叫。

蜜西走出来，垂挂着珠链的一只手端着杯柯林斯朗姆酒，另一手砰砰敲着手杖。"这是什么？"她问。

"先告诉我，老葛里怎么样了？"

"腿断了。可惜断的不是他的声带。"

"真遗憾地窖楼梯的第一阶木板松了，对吧？"老先生把绿毡板挂在墙上,"所幸跑去拿白兰地的是葛里,不是我。"

"真可惜。"妻子十分口渴似的喝着酒,"说吧,这是什么?"

"我开始搜集古董手枪了。"他指着那批窝在干净皮套里的手枪。

"我不觉得——"

"我有一大批手枪得清理——砰!"他眼睛发亮,"男人常在替宝贝手枪的枪膛上油时不慎把老婆给射杀了。然后哀痛地说,我不知道这枪上了膛。"

"真感人。"她说。

一小时后,他在给一把左轮枪上油时,差点儿轰掉自己的脑袋。

他的妻子跑进来,待在那里。"真是的。你没死?"

"老天,枪里有子弹。"他颤抖着手举起枪来,"这些枪原本都是空的。除非——"

"除非——"

他抓起另外三把枪。"全都装了子弹!你!"

"我,"她说,"你该吃午餐了。我去给你冲杯热茶。来吧。"

他盯着墙上的弹孔。"鬼才喝茶。"他说,"琴酒呢?"

轮到她出门去采购。"屋子里有蚂蚁。"她在满满的购物袋里摸索,然后在各个房间里放置许多罐驱蚁膏,又在窗台、他的高尔夫球袋还有那套手枪上撒粉。她又从一些纸袋里拿出毒鼠药、灭鼠器和驱虫剂。"今年夏天蟑螂可难熬了。"她把那些东西随意散布在食物堆中。

"这么做很冒险,"他说,"你自己也可能中毒。"

"废话。受害者没有权利选择怎么死。"

"没错,但不要太暴力。我希望验尸的时候好看一点。"

"虚荣。亲爱的约书亚,等你发现半夜喝的热可可里掺了一大匙黑叶四十杀虫剂时,你的脸恐怕会扭曲得像个瓶塞钻呢。"

"我呢,"他还击说,"我知道一种配方,能让你在断气前长出满身肿瘤!"

她细声说:"哎呀,约书亚,我说什么都不会用黑叶四十的。"

他也欠身鞠躬。"我也绝不用那会长出满身肿瘤的配方。"

"和解。"她说。

他们的谋杀计划就这么持续着。他买了几个大捕鼠器放在走廊上。"你光着脚跑过去:小伤口,大感染。"

她则在沙发椅套上插满针。无论他将手放在哪里都会被刺得流血。"哎哟!可恶!"他吸着手指头,"这该不会是亚马孙印第安人的毒箭头吧?"

"不是,只是些会引起破伤风的生锈缝衣针。"

"哦。"他说。

尽管他已老迈,却仍非常热爱驾驶。常常能看见他略带狂野地在比佛利山冲上冲下,嘴巴大开,黯淡的眼珠快速地眨着。

有天下午他从马里布打电话回家。"蜜西?老天,我差点把车子开下悬崖。我的右前轮在一条直路上突然飞了出去。"

"我原本计划在弯道发生的。"

"对不起。"

"我是从第六频道得到的灵感。把轮胎的接线片弄松就行了:纯属意外。"

"就别管我这粗心大意的老头子了。"他说,"家里有什么新状况?"

"走廊楼梯的地毯打滑,女佣摔了个屁股墩。"

"可怜的丽拉。"

"现在我无论到哪里都要她走前面。结果她就像洗衣袋那样滚了下去。所幸她一身肥肉。"

"要是我们不当心点,那女孩会跟着一起陪葬的。"

"你真这么想?噢,我真的好喜欢丽拉。"

"饶了她吧。另外雇个新人,万一被流弹扫中,我们也比较不会难过。我很不想看见丽拉被吊灯压扁,或者——"

"吊灯?"蜜西尖叫起来,"你对我祖母的枫丹白露水晶吊灯动了手脚?听好,这位先生,不准你碰那盏吊灯。"

"遵命。"他含糊地说。

"真是的。那些漂亮的水晶。要是它们掉下来却没砸中我,我一定会撑着一条腿跳过去用手杖把你打死,然后再把你弄活,然后再猛揍一顿。"

她说着便用力挂断了电话。

当天晚餐时约书亚·恩德比从阳台抽完烟走进屋子。他看着餐桌说:"你的草莓烤饼呢?"

"我不饿,把它给了新来的女佣。"

"白痴。"

她瞪着眼睛。"别告诉我你在烤饼里下了毒,你这该死的!"

厨房里传来一阵碰撞声。

约书亚跑去查看,接着又跑回来。"她已经不是新人了。"他说。

他们将那个新来的女佣的尸体藏在了阁楼的箱子里。没人打电话来找她。

"真叫人失望。"到了第七天,蜜西说,"我还以为会有个高大冷酷的男人带着笔记本找上门来,还带个扛着照相机和镁光灯的家伙。可怜的女孩,她比我们想的还孤单。"

家里三天两头举行鸡尾酒派对。这是蜜西的点子。"这样我们才可以在一大堆障碍当中把对方撂倒:就像活动标靶。"

葛里先生兴致高昂地回到这屋里,他因为几周前的意外而跛着腿,但仍然开怀谈笑,结果差点被那套决斗手枪中的一把炸掉耳朵。众人闹哄哄的,可是派对还是提早结束。葛里先生发誓再也不来了。

接着又有个柯莫小姐,她在这屋里过夜时借了约书亚的电须刀,触了电的她虽不算身受电刑,但感觉也差不多了。她离开时还一边揉着右侧的小臂。此后约书亚便留起胡子。

不久,有个苏拉杰先生失踪了。还有个史密斯先生。这些倒霉鬼最后一次现身都是在恩德比家举行的周六晚宴上。

"捉迷藏?"朋友们快活地拍拍约书亚的背。

"你怎么下手?用毒蕈害死他们,然后像种香菇一样把他们埋起来?"

"对啦,真爱说笑!"约书亚得意地笑着说,"不,不对,不是用毒蕈,是用我们冰箱里的某样东西。隔夜的夹心雪糕。另一个则是被槌球游戏的铁环绊倒的。从温室窗口撤离了。"

"夹心雪糕,从窗口撤离!"派对宾客哄笑着,"亲爱的约书亚,你可真是个爱开玩笑的怪人!"

"我只不过说了真话。"约书亚辩解道。

"你还有什么是不敢想的？"

"我不敢想，会不会有人开始怀疑老苏拉杰和那个无赖史密斯到底出了什么事。"

"苏拉杰和史密斯到底出了什么事？"过了一阵子，蜜西问道。

"我来解释一下吧。那块雪糕本来是我的甜点。至于槌球铁环？跟我无关！是你故意把它放错位置，期待着我会突然被绊倒然后从温室的窗户摔出去，对吧？"

蜜西僵在原地。他搔到痒处了。

"好吧，咱们也该谈谈了。"他说，"取消所有派对。再多个受害者，警察就要找上门来了。"

"好。"蜜西同意，"咱们的活动标靶练习似乎造成了反效果。关于槌球铁环，是因为你半夜常到温室散步。可是那个傻瓜苏拉杰为什么会在凌晨两点跑到那里摔倒？他真是蠢得可以。他还在堆肥下面吗？"

"我把他冷藏起来了。"

"老天，亲爱的。我们别再办派对了。"

"那就只要你、我，还有——呃——吊灯？"

"不。我已经把扶梯藏起来了，你爬不上去的。"

"可恶。"约书亚说。

当晚，在炉火旁，他倒了几杯家里最好的波特酒。趁着他离开房间去接电话时，她在自己的酒杯里撒了点白色粉末。

"真讨厌，"她喃喃自语着，"这么做太没创意了。可是他们不会验尸的。他早就一脚踏进棺材了，他们合上棺材盖时一定

103

会这么说。"

她又往杯子里加了点致命粉末时,他正好晃回来,坐下,端起他的酒杯。他盯着杯子,对妻子咧嘴一笑:"噢,不会吧!"

"不会什么?"她满脸无辜地说。

炉火燃烧,温暖了壁炉地板。壁炉架上的时钟嘀嗒作响。

"亲爱的,你不介意我们交换一下酒杯吧?"

"你该不会以为,我趁你出去时在你杯子里下了毒吧?"

"陈腐。老套。但有可能。"

"好吧,胆小鬼,换吧。"

他有点惊讶,但还是换了酒杯。

"这叫互相嫌弃。"两人一起说,然后大笑出声。

他们一边喝酒,一边神秘兮兮地微笑。

然后他心满意足地坐在摇椅上,苍白的脸上闪耀着炉火,让波特酒温热他们全身蜘蛛网般的血脉。他放平双腿,朝着火光伸出手。"啊,"他轻叹,"再没有比喝波特酒更棒的享受了。"

她的灰发小脑袋往后一靠,打起盹来,边咂着红红的嘴唇,边用略带神秘的慵懒眼神瞅着他。"可怜的丽拉。"她咕哝着。

火花啪啪响着,接着她补了句:"可怜的苏拉杰先生。"

"是啊。"他困倦地说,"可怜的苏拉杰。别忘了还有史密斯。"

"还有你,老头子。"她终于悠缓、诡秘地说,"你感觉如何?"

"很困。"

"困得不得了吧?"

"对啊。"他眼睛发亮,打量着她,"还有,亲爱的,你呢?"

"很困。"她闭着眼睛说。然后两人睁大眼睛,"为什么这么问？"

"的确。"他警觉起来，"为什么？"

"噢，这个嘛，因为……"她凝视着自己那双小巧的黑鞋节奏缓慢地离她而去，"我好像，或者只是想象，破坏了你的消化和神经系统。"

这时他正愉悦地昏昏欲睡，注视着温暖的火焰，聆听着时钟的嘀嗒声。"你是说，你在我的酒里下了毒？"他思索着那些字眼，"你什么！"他猛抽一口气，跳了起来。波特酒杯落地，摔得粉碎。

她倾身向前，像个急于预告未来的占卜师。

"我很聪明地在自己杯里放了毒药，知道你为了安心，一定会要求交换酒杯。果然！"她笑得开怀。

他跌回椅子上，在脸上乱抓一阵，试图阻止眼球不听使唤地翻转。然后，他突然想起什么，爆发出一阵狂笑。

"怎么了？"蜜西大叫，"你在笑什么？"

"因为——"他笑得喘不过气，泪水流下脸颊，嘴巴夸张地咧开，"我在我的杯子里下了毒！我打算找个借口和你交换酒杯。"

"噢，真要命。"她大叫，再也笑不出来，"我们真蠢。为什么我没料到呢？"

"因为咱俩都聪明得过了头啦。"他倒在椅子上笑个不停。

"啊，真羞人，真尴尬，我觉得好像全身光溜溜地，恨死自己了。"

"不，别那样，"他心软地说，"想想你有多恨我吧。"

"全心全意地恨你。"

"咱们别来临死前的宽恕那套了，我纯洁又刚毅的老婆。再见了。"他虚弱地加了一句，意识开始变得缥缈了。

"要是你以为我会接着说再见,那你肯定疯了。"她轻声说着,头歪向一边,眼皮紧闭,嘴角松弛地吐出字句,"管他呢,再——"

话没说完,她的呼吸顿止,炉火也已烧成灰烬,只剩时钟在寂静房间里嘀嗒嘀嗒地走。

次日,几个友人发现他们倒卧在书房椅子上,两人看来似乎比平日更满足于现状。

"相约自杀。"所有人都说,"他们那么相爱,无法忍受让对方孤零零地先走。"

"但愿,"撑着拐杖的葛里先生说,"有一天我老婆也能和我共饮这种酒。"

瞬之幻

收录于《不可思议的哈珀里斯选集》(The Harperprism anthology Tales of the Impossible)
1995 年秋

我是在一场魔术表演中发现了那个跟我酷似双胞胎的男人。

我和妻子坐在周六晚上的表演现场。那是个温暖的夏日，观众陶醉在好天气和欢乐气氛里头。我看见四周有许多已婚夫妇和热恋中的情侣，他们正愉悦并警觉地观赏着舞台上象征性呈现的描述他们生活的喜剧。

一个女人的身体被锯成两段。这令观众席中的男士会心一笑。

柜子里的女人消失了。留胡子的魔术师为她伤感地啜泣。接着，在包厢的最顶端，她又出现了，挥舞着粉白的纤手，美艳绝伦，那么遥不可及。

所有的妻子狡狯地笑了。

"瞧这些人。"我对我的妻子说。

一个女人飘浮在半空……一位诞生于所有男人脑海的真爱女神。可别让她那优美的双足碰触了地面，让她继续待在隐形的支架上吧。太精彩了！千万别告诉我他们是怎么办到的。啊，只管看着她飘浮，然后沉醉。

至于那个旋转着盘子、圆球、星星和火炬，用手肘转着圈环，鼻子顶着根蓝色羽毛，一心多用的男人又是谁呢？怎么，我自问，不就是那个辛苦通勤的丈夫、情人、劳动者、赶不及吃午餐的人，笨拙操弄着时间、兴奋剂、镇静剂、财务平衡和收支预算的人？

显然，没人能逃避外面的世界，而是用比较轻松的方式接纳它，更爽朗、更简洁、更迅速、更明快；一种振奋人心却又令人沮丧的奇观。

有谁一生中从没见过女人失踪？

在黑暗、华丽的舞台上，香粉和玫瑰花瓣的神秘体——女人，消失了。奶油色的雪花石膏塑像，夏日百合和新雨的雕像，融化成了梦境，而这些梦境又在魔术师伸手急切地捞抓时变成空白的镜子。

从层层叠叠的柜子和箱子当中，从抛撒出去的渔网里，女人消失了，在魔术师开枪的瞬间像瓷器化为粉屑。

象征手法，我心想。为什么魔术师要拿枪指着美丽的助理？这难道不是和男性潜意识里有某种秘密联结？

"什么？"妻子问我。

"嗯？"

"你在喃喃自语。"她说。

"抱歉。"我浏览着节目单，"啊，下一个节目是《快手小姐》！全世界仅有的一位女扒手。"

"一定是骗人的。"我妻子淡淡地说。

我想看看她是不是开玩笑。黑暗中，她黯淡的嘴唇似乎在微笑，但那笑容的含义却令人猜不透。

乐声有如沉静飞舞的蜂群般嗡嗡扬起。

布幕拉开。

台上站着快手小姐,没有虚张声势,没有飞舞的斗篷,没有鞠躬,而只是谦逊地微微点了下头,轻轻挑了下左边眉毛。

她弹了下手指。我以为那是狗令。

"征求志愿者,男士们!"

"坐下。"我妻子拉着我。

因为我站了起来。

观众席起了阵骚动,一群人像无声吠叫着的灰狗似的站起,朝着快手小姐无色指甲的弹指声走(还是奔跑?)过去。

显然,快手小姐也就是消失了一整晚的那个女人。

为了省钱,我想着;一人两用。我不喜欢她。

"怎么了?"妻子问。

"我又出声了吗?"

不过快手小姐确实令我恼火。因为她的样子就像躲进后台、匆匆套上一件足足大了一号、沾着肉汤污渍和草屑斑点的皱巴巴斜纹软呢步行装,然后故意把头发拨乱,唇膏乱涂一气,随时等着在有人喊出"该你上台了"的时候冲上舞台。

此刻她站在那里,穿着便鞋,鼻头油亮,舞动着双手却面无表情,只想早点熬过去……

她等着,双脚平稳、坚决地杵在那儿,两手插在松垮的斜纹软呢上衣口袋里,嘴角冰冷,看着那些傻瓜志愿者乖顺地走上台来。

她弹了几下手指便将这群乌合之众摆平,让他们排成一列。

观众等着。

"好了!表演结束!你们回座去吧!"

啪！她又弹了下无色的手指。

那群男人困惑、昏沉地对看了一阵，然后缓缓走下台。她看着他们摇摇摆摆地走下台阶，隐入黑暗中，突然大叫："你们是不是忘了什么？"

他们急切地转身。

"在这儿。"

她带着有如酸涩红酒的微笑，懒懒地从口袋里掏出一只皮夹。接着她又从外套内摸出另一只皮夹。接着是第三只，第四只，第五只！总共十只皮夹。

她对着那群驯服的野兽，高举着那些饼干似的皮夹。

那群男人猛眨眼睛。不，那不是他们的皮夹。他们才上台那么一会儿。她也只不过匆匆从他们身边经过。一定是在开玩笑。她手上拿的一定是新皮夹，节目的道具！

可是那些男人开始在自己身上摸索，好像雕刻师在一堆随意丢置的古老盔甲里搜索着看不见的裂痕。他们张着嘴，两手慌乱地翻着胸前口袋，掏着身上的所有衣袋。

而一旁的快手小姐却没事似的，像处理清晨邮件般默默翻弄着他们的皮夹。

就在这时，我注意到那个站在队伍最右边、舞台中间的男人。我拿起小望远镜。我看了一眼。看了两眼。

"啊，"我开心地说，"那里头有个男人长得真像我。"

"是吗？"妻子说。

我若无其事地把小望远镜给她，"最右边那个。"

"不是长得像你，"妻子说，"那根本就是你。"

"也许吧。"我谦逊地说。

那家伙相当英俊。像这样看着自己然后说出如此自夸的评论，未免有点厚脸皮。但我同时觉得背脊有点发凉。我把小望远镜拿回来，看得出神。"一副得意的样子。角框眼镜。白皮肤。蓝眼珠——"

"简直就是你的孪生兄弟！"妻子叹道。

确实如此。这真的很奇怪，坐在那儿看着自己站在台上。

"不会吧——"我喃喃念着。

然而，尽管我的脑袋拒绝接受，我的眼睛却否认不了。全世界不是有二十亿人口？没错，就像雪花，每一片的形状都不相同。可是现在，进入我视线，危及我的自负自满的，是个来自相同造物主所创造的模子，一模一样的翻版。

我该相信，不相信，感到骄傲，或者害怕地逃走？因为我活生生见证了上帝的健忘。

"我不记得，"上帝说，"曾经创造过和这一样的人。"

可是，我入迷、开心又担忧地想着，上帝犯了错。

一些心理学的旧书闪过我的脑海。

遗传。环境。

"史密斯！钟斯！海斯特隆！"

台上，快手小姐正以士兵操练般的平板语调大声唱名，将那些皮夹逐一归还。

你的身体是从你列祖列宗那儿借来的，我想着。遗传。

可是肉体不也是环境的产物？

"温特斯！"

环境围绕着我们，他们说。可是，肉体不也同样以它的溪河湖海，它的骨骼建筑物，它的五光十色或者灵魂的广大未垦地包围着我们？难道不是我们看见的从窗口经过的一张恬静如落雪或深沉如无底深渊的脸孔，宛如天鹅或麻雀的双手，重如铁砧或轻如蜂鸟的双脚，松垮如小麦麻袋或灵巧如夏日蕨类的身躯……难道不是我们所看见的这些，描绘了心灵，设定了意象，像捏塑黏土般造就了我们的大脑和心理状态？正是它们！

"毕威尔！罗杰斯！"

那么，这个被囚禁在相同肉体环境中的陌生人，他的际遇如何呢？

换作以前的我，一定会跳起来大叫："几点钟了？"

而他，或许也会像以前那个常在深夜经过的公告员——只不过换了张像我的脸孔——那样，略带惆怅地应一声："九点啦，一切安好……"

但是他是否真的安好？

问题：那一副角框眼镜遮掩的只是光线而不是心灵的近视？

问题：黏附在他骨架上略显肥胖的血肉是否象征着他脑袋里的组织也同等臃肿？

总之，会不会他的灵魂往北，而我的往南；我们有着同样的肉体，但心智反应的差异却有如冬与夏？

"我的天，"我叫出声来，"如果他和我是同一个人？"

"嘘！"坐在我后面的妇人说。

我猛地咽下口水。

如果，我想着，他也同样烟不离手、睡眠不好、饮食无度、有躁郁的毛病、爱耍嘴皮、思想既深邃又肤浅、嗜食肉类……

那样的躯体，那样的脸孔，不可能有别的习性。恐怕连我们的名字也很相似。

我们的名字！

"……里……博……勒。"

快手小姐正叫着他的名字。

刚好有人在咳嗽,我没听见完整的名字。

也许她会再叫一遍。可是没有,他,我的孪生兄弟,已经走向前。可恶!他突然被绊倒。观众席一片哄笑。

我迅速将小望远镜对准了他。

我的孪生兄弟平静地站在舞台中央,双手有点笨拙地接过人家还给他的皮夹。

"站好,"我小声说,"别垂头丧气。"

"嘘。"我妻子说。

我悄悄直起自己的肩膀。

我心想,真没想到我长得那么帅,我猛将望远镜往眼眶里塞。我的鼻孔竟然那么纤细,充满贵族气息。我的皮肤真的那么白净好看?我的下巴真有那么坚挺?

我的脸偷偷红了起来。

既然连老婆都说那是我,那就接受吧。在柔和灯光的映照下,他的脸从每个毛孔发散出睿智。

"望远镜。"老婆催促着。

我不情愿地把望远镜给她。

她认真地调着望远镜,不是对着那个男人,而是快手小姐,她正忙着谈笑调情,把靠近她的几个男人的皮夹拿回去。我的妻子不时发出一迭声满足的叹息,咯咯地笑着。

快手小姐的确是破坏女神。

我只看见两只手,却仿佛有九只之多。她的一双手有如群鸟,不停地飞扑、栖息、拍击、翱翔、拍抚、回旋、搔弄,却始终板着张脸,冷冷地在受害者身上游移,触而不及。

"这皮夹里装了什么?还有这个?这个?"

她揪着他们的衣服,捏他们的领子,猛晃他们的裤管:钱币叮当作响。她不怀好意地用食指轻戳他们，逼出每人身上的现金总额。她用刚强但又柔弱的动作解开外套纽扣，把所有皮夹归还，然后又悄悄偷回来。

她还了又偷，拿了又还，抽出里面的钞票，在那些人背后数钱，还趁着和他们握手时偷走他们的手表。

此刻她正缠住一个医生。

"你带了体温计吗？"她问。

"带了。"他翻找着口袋，露出一脸惊慌。他又搜索一遍。观众七嘴八舌地提示他。他抬头，发现：

快手小姐嘴里像叼着没点燃的香烟一样含着体温计。她把体温计甩了甩然后细瞧着。

"我的体温，"她惊叫，"一百一十度！"

她闭上眼睛，虚假地摇了摇臀部。

观众喧闹着。于是她又开始攻击受害者们，威逼他们，拉扯他们的衬衫，把他们的头发弄乱然后问："你们的领带呢？"

他们两手拉着空空的衣领。

她不知从哪里抓出一堆领带，丢还给他们。

她是一块磁铁，能吸引幸运小饰物、圣者勋章、古罗马钱币、剧院票根、手帕和领带夹。

观众陷入兴奋狂乱中，那群男人则兔子似的乖乖站着，被剥夺了所有尊严和庇护。

守住了后臀裤袋，她就掏光你的上衣口袋。抓紧上衣，她就进攻你的长裤。带着无聊又愉悦、坚决又纤弱的神色，她说服你相信自己什么都没丢，然后又略带不情愿地从她的斜纹软呢衣服里掏出东西来。

"这是什么？"她拿起一封信，"亲爱的海伦，昨夜和你——"

那名受害者气愤得红了脸,和快手小姐一阵扭打,抓过那封信,藏进衣服里。可是不久后,信又被偷了回去,而且大声被读了出来:"亲爱的海伦,昨夜——"

战斗开始变得激烈。一个女人。十个男人。

她亲了其中一个,偷走他的腰带。

然后偷了另一人的长裤吊带。

观众席中的女人起了阵嘘声。

她们的男人惊讶之余,也随之加入。

快手小姐真是令人赞叹的恶霸!瞧她鞭策着那群乖巧、白痴般嘻嘻笑着、再怎么样都要继续玩的男人,她让他们变成了男孩,把他们像雪茄店的印度人那样哄得团团转,用她的大臀部顶撞他们,像靠着理发店灯柱般靠在他们身上,叫每个男人甜心、亲爱的或老公。

今晚真是疯够了,我想。我,还有那些女观众,她们在这全国性的娱乐活动中被赤裸裸地恶整,充满鄙夷却又亢奋不已,歇斯底里得喘不过气来。她们的丈夫惊呆地坐着,仿佛这场战争还没宣战、开打便已经输了,他们根本来不及动手。坐在我左右的男人,每个都一副害怕自己已被割喉、稍稍打个喷嚏就会人头落地的惊恐表情……

快!我想着。快行动!

"你,台上的,我的孪生兄弟,快点闪避!快逃啊!"

可是她已经找上他了。

"稳着点!"我对我的孪生兄弟说,"用点伎俩!蹲下,迂回地走,曲折前进。别看她指的地方,看她没指的地方。行动!快!"

我忘了我有没有叫出声，或只是咬着牙喃喃自语，只见所有人愣在那儿，看着快手小姐一把抓住我孪生兄弟的手。

"当心！"我小声说。

太迟了。他的手表已经被拿走。他还不知道呢。你的表不见了呀。我暗想。这下他不知道现在几点了。我想着。

快手小姐抚摸着他的衣领。退后！我警告自己。

太迟了。他那支昂贵的钢笔不见了。他还不知道。她轻拧他的鼻子。他笑了。白痴！他的皮夹飞了。别管你的鼻子，傻瓜，看你的外套。

"垫肩？"她揪着他的肩膀。

他看看自己的右手臂。糟了！我暗暗发慌，因为她已经从他外套左边口袋抽出一叠信来。她在他额上印了个鲜红的吻，然后拿着大批战利品退开，钱币、证件和一包刚才她吃剩的巧克力。

用用你的脑袋吧！我暗暗发慌。瞎了你！看清楚她在做什么吧！

她哄得他团团转，打量着他说："这是你的东西？"然后把领带还给他。

我的妻子激动得不得了。她从头到尾将望远镜瞄准那个可怜白痴脸上充满失落和挫败的细微变化和悸动，乐得合不拢嘴。

老天！我在一片喧闹中大叫。快点下台啊！我暗暗叫着，真希望能叫出声来。趁你还有一点自尊的时候脱身吧。

剧院里回荡着阵阵火山爆发般的哄笑，高亢、响亮而不怀好意的笑声。这阴暗的洞穴似乎充满病态的烧热，一种白热化状态。我的孪生兄弟不想再玩了,有如一只巴甫洛夫[①]的狗,太多铃声,太多等待,却得不到报偿,得不到食物。无比的窘境让他眼神呆滞。

下来!跳到台下!爬也要爬开啊!我想着。

乐团火力全开拉锯着命运的小提琴,吹奏着战争的号角。

这时快手小姐最后一次豪夺,最后一次轻蔑地摆动臀部,抓住我那孪生兄弟身上的白净衬衫,啪的一把扯下。

她把衬衫抛向空中。当它飘落时,他的长裤也跟着溜了下来。当他没系腰带的长裤落下,这出戏也落幕了。

一股热烈的情绪排山倒海而来,观众席一片沸腾,欢声雷动。

布幕落下。

我们呆坐在那儿,身上盖着看不见的瓦砾。血流干了,被汹涌而来的骚乱掩埋,尊严扫地,被开膛剖肚,连哀悼词都省了,直接被丢进巨大的墓穴。我们这些男人紧盯着落下的布幕,那后头藏着那个女扒手和她的受害者们,那后头有个男人正慌忙撩起裤子遮住一双瘦腿。

掌声四起,有如黑暗沙滩上绵绵不绝的海浪。快手小姐并不急着行礼。她不需要那么做。她就站在布幕后面。我可以感觉到她在那里,没有笑容,没有表情。站在那儿,冷冷衡量着外头掌声的热烈程度,拿它和其他类似规模的夜晚比较。

我愤慨地跳了起来。我终究输给了自己。该闪避时,我妄动,该向后转时,我跑向前。真是个蠢蛋!

"表演真精彩!"我们混入散场的人群中,妻子说。

[①] Ivan Pavlov,以狗的制约实验说明学习乃刺激与反应的交替过程。

"真精彩！"

"你喜欢吗？"

"那个女扒手除外。很明显是在做戏，太过火了，一点都不巧妙。"我点了根烟。

"她是高手。"

"这里走。"我领着妻子走向剧院出口。

"那个男人，"妻子率直地说，"长得像你的那个，他显然是冒牌的。他们称作诱饵，对吧？剧场的人付钱给他，要他假装是观众。"

"没有男人会为了钱甘心受这种羞辱的。"我说，"不对，他不过是个粗心大意的傻瓜罢了。"

"我们到这儿来做什么？"

回过神，我们发觉已经来到了后台。

也许是因为我很想当面教训一下我的孪生兄弟："真窝囊，把男人的脸都丢光了！人家吹笛子，你就跳起舞来了。逗你一下，你就乐得跟小狗一样。笨蛋！"

当然，其实是因为，我必须仔细瞧瞧我的孪生兄弟，冷静地和这叛徒面对面，看他全身上下到底有什么地方和我不同。换作是我，我会表现得比他好吗？

后台陈列着鲜艳的花束和孤单的红润脸庞，一会儿亮，一会儿暗，其他魔术师全都站着聊天。那儿，快手小姐就在那里。

而笑嘻嘻的那个，正是我的孪生兄弟。

"表现得很好，查理。"

快手小姐说。

原来我孪生兄弟名叫查理。好蠢的名字。

查理拍拍快手小姐的脸颊。

"你才真的厉害呢,女士。"

老天,是真的!他是诱饵,同谋。拿了多少钱?五块,十块,让别人扯掉他的衬衫,让他的长裤跟着自尊一起滑落?叛徒,小人!

我站在那里瞪着他看。

他抬头。

也许他看到了我。

也许他多少感受到了我的满腹怒气和失望。

他只看了我几眼,嘴张得大大的,好像他遇见了一个老同学,可是想不起我的名字,无法出声招呼,于是任由他去。他看见了我的愤怒。他脸色发白。笑容消失了。他迅速把头别开。他没有再抬头,只假装听着快手小姐说话,看她和另外几个魔术师有说有笑的。

我盯着他,一直盯着看。汗水浸透他的脸。我的恨意消退了。我的怒气渐渐冷却。现在我把他看得一清二楚,他的下巴、眼睛、鼻子、发线,全部印在我脑海中。接着我听见有人说:"这场表演太精彩了!"

只见我妻子走向前,和那个假扮观众的坏蛋握手。

到了街上,我说:"我很开心。"

"开心什么?"妻子问。

"他一点都不像我。下巴太尖,鼻子太小,下嘴唇太薄,眉毛太浓。他站在台上,远远看过去还有点像。可是凑近一看,一点都不像。咱们都被他的平头和角框眼镜给骗了。戴角框眼镜、留平头的人到处都是。"

"是啊,"妻子赞同地说,"到处都是。"

她上车时,我忍不住欣赏着她那双迷人的长腿。

开车离去时,我似乎在窗外的人群中瞥见那张熟悉的脸孔。不知怎的,那张脸却看着我。我也不确定。现在我知道,所谓容貌相似这种事,其实是非常肤浅的说法。

那张脸消失在人群中。

"我永远忘不了——"妻子说,"他的裤子哗地掉下来!"

我突然加速,然后又慢下来,一路把车开回家。

道林变形记

刊于《奇幻与科幻杂志》(*The Magazine of Fantasy&Science Fiction*)
1995年9月

"晚上好，欢迎。显然你已收到我的请帖，并决定勇敢地前来，对吧？现在我们终于见面了。请拿着。"

这位高大英俊，有着双绝美眼瞳和灿烂金发的陌生人递给我一只酒杯。

"清清口。"他说。

我接过酒杯，看着他左手握着的那瓶酒的标签。上头印着：波尔多。圣埃米利翁酒庄。

"喝吧，"我的东道主说，"这不是毒药。我可以坐下吗？你会喝吧？"

"会的。"我啜了一口，闭上眼睛，微笑起来，"你是行家。我有好多年没喝过这么好的酒了。可是，为什么请我喝酒？又为什么找我来？我为什么会来到格雷解剖酒吧与烤肉餐厅？"

我的东道主替自己斟满了酒。"我是在犒赏自己。今晚非比寻常，也许对你我都是。比圣诞节和万圣节还要盛大。"他用蜥蜴般的舌头探进酒杯，然后满足地缩回。"我们是在庆祝我刚获得的荣耀，终于成为——"

他接着说:"成为道林的同志!道林的同志呢,我!"

"哈!"我大笑,"这就是这餐馆名字的由来了?这间餐厅是道林·格雷①的?"

"不止!他是这地方的创造者和统治者,而且是非他莫属。"

"瞧你说得好像身为道林的同志是世上最重要的事情似的。"

"不,是一生中最重要的事!"他的身体前后摇晃,仿佛畅饮的不是酒,而是某种内在的狂喜,"你猜。"

"猜什么?"

"我几岁?"

"你看起来顶多二十九岁。"

"二十九。多美妙的数字。不是三十、四十或五十,而是——"

我说:"希望你接下来要问的不是我的星座。每次只要有人问起,我就马上走开。我生于1920年8月初。"我假装要起身。他一只手轻按着我的衣领。

"不是的,亲爱的朋友——你不明白。你瞧。"他指着自己的下眼睑和脖子周围,"找找看有没有皱纹。"

"半条皱纹都没有。"我说。

"多敏锐的观察。没有皱纹。所以我才会在这特别之夜成为道林英俊而又焕然一新的同志啊。"

"我还是想不出这有什么关联。"

"瞧瞧我的手背。"他伸出手腕,"没有老人斑。我一点衰老的迹象都没有。还是老问题,我几岁?"

我轻晃着杯子里的红酒,端详着他映在旋涡中的身影。

---

① 知名小说《道林·格雷的画像》(*The Picture of Dorian Gray*)中的主角,他用灵魂交换永生;于是一幅藏在阁楼中的他的肖像不断变老,他则永葆年轻。

"六十？"我说，"七十？"

"老天！"他倒在椅背上，一脸惊讶，"你怎么知道的？"

"我猜的。你不断提起道林。我了解奥斯卡·王尔德①。我了解道林·格雷，就是你，先生，在阁楼里头藏了一幅逐渐衰老的自画像，而你自己呢，喝着醇酒，永远保持年轻。"

"不，不对。"这位年轻的陌生人倾身向前，"不是保持年轻，是变得年轻。我本来很老，非常老，我花了一年，让时间开始倒转，玩了一年之后，我就达到设定的目标了。"

"你的目标是二十九岁？"

"你真聪明！"

"一旦你变成二十九岁，你就有资格成为——"

"道林的同志！对啦！可是没有画像，没有阁楼，也没有保持年轻这回事。正确的说法是重回年轻。"

"我还是不懂。"

"聪明绝顶的朋友，你或许就是下一位同志呢。来吧，在我向你解说这伟大的秘密之前，让我先带你去看看屋子的另一头和几道门。"

他抓住我的手。"把酒带着，用得着的，"他催促着我穿过许多餐桌。这间中世纪装潢的餐馆里一转眼挤满了客人，我们经过一群容貌姣好的年轻人，和几个吐着烟雾的女人。我一路小跑，不断回头望着出口的门，好像那是我一生之所系。

我们面前竖着一道金色的门。

"门后面是？"我问。

"金色的门后都是些什么呢？"我的东道主回答，"碰一下。"

---

① Oscar Wilde，英国著名作家、诗人、戏剧家和艺术家。

我伸手用大拇指碰了下那道门。

"有什么感觉?"他问。

"年轻,青春,美貌。"我再摸一下,"曾经有过和即将到来的所有青春时光。"

"老天,你这家伙是诗人吗?推吧。"

我们一推,金门便无声无息地敞开。

"道林在里头?"

"不,不是,只有他的学生,他的门徒,他的准同伴。好好享受视觉盛宴吧。"

我照做了,而且看见,在全世界最长的一座吧台边坐着一排年轻男子,可组成一个完整谱系的年轻男子,像在镜子迷宫一样反映再反映着彼此的容貌,镜子相互映照,幻影产生了,你发现复制出无数个自己,很大,很小,非常小,极小,然后消失!那些年轻人全都沿着长长的吧台朝我们看过来,接着,像是无法收回视线似的,转而看着他们自己。你几乎可以听见他们的赞叹。随着每一声叹息,他们也变得越来越年轻,越来越漂亮耀眼……

我注视着这片美的织锦,像一个刚从极乐之国走出的金色方阵。有如打开了神话的门扉,阿波罗领着许多小阿波罗滑步上前,他们个个俊美绝伦。

我一定是吃惊得屏息了。我听见我的东道主猛吸气,像是偷喝了我的酒。"很壮观吧。"他说,"走吧,"我这位新朋友悄声说,"勇敢地穿过去吧。别逗留,不然你很可能会发现袖子上有类似虎爪的痕迹并血压暴涨。快!"

他说着便大步滑行,踩着柔软无声的晚宴鞋,一路以波浪般的步伐带领着我前行,苍白的手指轻触我的手肘,他那仿佛花香的气息吹在我脸上。我冲口而出:"书上说H.G.威尔斯①喜欢用他闻起来像蜂蜜的口气吸引女人。后来我听说那种甜甜的口气是因为疾病而产生的。"

"真聪明。那我的口气是不是有医院或药的味道?"

"我的意思不是——"

"快走。你的肉在动物园里算是珍品。起步,二,三!"

"等一下。"我说。我有点喘不过气来,不是因为走得太快,而是因为猛然发现一件事。"这个人,还有他后面那个,还有接着的那个——"

"怎么?"

"老天,"我说,"他们几乎一模一样,像极了!"

"没错,对了一半。接着的那个,还有接着他的那个,还有后面的那一长排,我们眼前所见的每一个,全都长相酷似。都是二十九岁,都是金褐色发肤,都是六尺高,一口白牙,眼睛明亮。每个人长相不同,但都非常俊美,就像我!"

我端详着他,再看看我四周的那些人。他们是容貌相似但又相异的美男子。那股青春气息令人惊叹。

"你是不是该告诉我你的名字了?"

"道林。"

"可是你说你是他的同志。"

"我是啊。他们也是。可是我们也都共享他的名字。这个小伙子,还有那个。当然,我们曾经有过普通人的名字。史密斯和琼斯。哈利与菲尔。吉米或杰克。可是我们全都报名成为同志了。"

---

① Herbert George Wells,英国科幻小说之父,代表作有《时间机器》。

"所以你才邀我来？来报名？"

"一年前我在城里一家酒吧看见你，向人打听了你的事。一年后，你看来已经到了适当的年龄——"

"适当——？"

"难道不是吗？你不是刚过六十九岁，正往七十迈进？"

"没错。"

"老天！难道你喜欢当七十岁的老头子？"

"我愿意。"

"愿意？你不想过真正快活的生活，尽情享乐？做个狂野少年？"

"那个阶段已经过去了。"

"不对。我邀请你来，而你来了，你很好奇。"

"对什么好奇？"

"这个。"他再度亮出他的脖子，伸出两只光滑的手腕。"还有他们。"他朝我们身边那些姣好的脸孔一挥手说，"道林的子裔们，你不想和他们一样，充满青春狂傲的气息？"

"我能决定这种事？"

"老天，你夜夜都在想着这件事，已经想了好多年了。你的梦想就要实现了呀。"

我们来到这一长列个个拥有古铜肌肤、白牙、像 H. G. 威尔斯那样吐气芬芳的青春队伍尾端。

"你不心动？"他追问，"难道你要拒绝——"

"永生？"

"不！再活个二十年，到了九十岁时死去，但在坟墓中仍是二十九岁的容颜！瞧瞧那边的镜子，你看见了什么？"

"一个糟老头，混杂在一群美男子当中。"

"没错。"

"我该上哪儿去报名呢?"我大笑。

"你接受了?"

"不,我需要更多证明。"

"真是的!这是第二道门。进去吧!"

他打开一扇比第一道更加金光闪耀的门,把我推进去,自己也跟着进入,然后砰的把门关上。里头一片黑暗。

"这里是?"我小声问。

"道林的健身房。只要你在这里持续不断、日夜不停地运动一整年,你就会变年轻了。"

"好厉害的健身房。"我说,一边努力让眼睛适应那片黑暗。较远处有许多暗影浮动,人声窸窣作响。"我只听过让人保持年轻,而不是变得年轻的健身房。你还没告诉我……"

"我知道你在想什么。这酒吧里每个重返青春的老人,阁楼里是否都藏有一幅他们的肖像?"

"没错。有吗?"

"没有。那儿只有道林。"

"只有他一个人?他替你们所有人变老?"

"说对了。仔细瞧这健身房。"

我这才发现这地方有个高而宽广的竞技台,百来个黑影在里头窜游、呻吟,有如一波潮浪卷上荒凉的海滩。

"我想我该走了。"我说。

"胡说。来吧,没人会看见你的。他们都……很忙。我是摩西。"甜美的气息吹来,"我可以令红海分开!"

于是我们从两股潮水当中的小径穿过,两侧同等阴森,同等可怖,因为那其中的喘息、尖叫、人体的滑动、有如海潮般的拍击声，以及不断索求着要更多、更多，啊，还要更多的呐喊。

我拔腿开跑，可是被他一把拉住。"看看右边，看看左边，现在再看看右边。"

那儿起码有一两百只野兽，不对，是人，在黑暗中搏斗、跳动、坠落、翻滚。一片肉体之海，波涛涌动着；大片翻滚的地垫上扭动着无数肢体，肌肤亮油油的，白牙闪耀，一群人攀爬着绳索，在马鞍上快速旋转，或者跃上横杆然后在一片哀叹、呜咽的汹涌潮浪中被抓下来。我望着那片起伏涌动的形体。那野兽般的哀歌刺痛我的耳朵。

"老天，"我大叫，"这一切究竟有什么意义？"

"看，那边。"

那片狂野骚动的肉体上方，远远的一道墙上，有扇巨大的窗户，四十尺宽、十尺高，在那冰冷的窗玻璃后方，有个什么正眈眈凝视、品尝着这无边的景色。

而无所不在的是一股强大的抽风气流，巨大的吸入气流，贪得无厌地吸取着这健身房里的空气。当那些人影翻腾扭动时，这股气流也吸收着他们的热气和我鼻孔内的湿冷空气。不知哪里有个巨大的真空机器在黑暗中猛吸，却不呼气。那些人影挥舞着手臂坠落时，机器便静止下来，接着又开始贪婪地吸气。它吞食着呼吸，只进不出，狂饮着汗水蒸腾的空气，吸吮着热情。

那些黑影被牵引着，我也被拉扯着，被吸往那斗大的玻璃眼珠、那扇宽广的窗户。那后头，某种形体古怪的东西在窥伺着，享用健身房里的空气。

"是道林？"我猜测。

"去见他吧。"

"好的，可是……"我看着那些狂野、骚乱的影子，"他们到底在做什么？"

"自己问去。害怕？胆小的人没前途。所以——"

他唰地打开第三道门。它是不是金黄炽热而且活生生的，我不知道，因为我发现自己突然闯入一间温室，门在我背后砰的关上，而且被我那位金发年轻友人上了锁。"去吧！"

"老天，我该回家了！"

"见了面再说，"他说，"见他。"

他说着一指。起初我什么都没看见。这里头十分昏暗，而且和健身房一样到处是黑影。我闻到丛林的草味，充满感官刺激的空气轻拂我的脸。我闻出木瓜、杜果香气和兰花的凋萎腐味，其中混杂着来自看不见的海潮的咸味。但是海潮就在那里，伴随着那股忽起忽落的巨大吸气声。

"我什么人都没看见。"我说。

"等等。让你的眼睛适应。"

我等着。我看。

这房间里没有椅子，因为不需要。

他不坐，他也不躺，他，在一张空前巨大的床上"延展"开来。那张床起码有十五尺宽、二十尺长。这让我想起以前认识的一个作家的公寓，他在房间里铺满床垫，这么一来女人一进门就会被绊倒，直接躺平在弹簧垫上。

这个窝巢，和道林，也是如此，广大无边的一层凝胶皮肤，玻璃体，在他的巢穴里到处流动。

至于道林究竟是男是女，我看不出来。那是一块巨大的布丁，一只帝王级的水母，一堆形状怪异的柔软明胶，偶尔从它外皮吹出夹带着橡皮声响的有害气体；肥厚的嘴唇嘶嘶作响。

加上那只辛劳泵涌的飒飒声,它在持续不停地吸纳,便是这房间里仅有的声响了。而我站在那里,焦虑又紧张,但这仿佛被人从黑暗深渊抛撒上岸的生物终究让我心生同情。这东西是一团凝胶状的怪胎,没有触角的章鱼,搁浅的两栖生物,再也无法匍匐着爬回通往海洋的下水道,当初,它便是从那儿以丑怪的波浪蠕动姿势一点点地前进,一边猛力吸气,喷出腐败的毒气,才到达它现在躺着的地方,没有五官,只是一个有腿、手臂、手腕和连着骷髅手指的双手的 X 光片鬼影。最后,我总算看清了这个巨大肉团的较远一端,那似乎是包裹着鬼魅般脆弱头骨的一张扁平的脸,一条绽开的裂缝是只眼睛,一个贪婪的鼻孔,而一条大大裂开的红色伤口竟然就是嘴巴。

终于,这东西,这个道林,开口了。

或者该说是口齿不清地发声。

而随着每次张嘴,每次嘶嘶发声,便有一股腐臭的气味逸出,仿佛夜间沼泽中的一只巨大气球,瘫软躺着,迷失在恶臭的水中,用它那令人作呕的气息喷向我的脸颊。它每次呼气只能拖拖拉拉地吐出一个字。

"好——"

好什么?

它接着补充:

"罢——"

"这东西……"我结巴地说,"他……在这儿多久了?"

"没人知道。从维多利亚皇后登基的时代开始?从约翰·威尔克斯·布斯①清空他的化妆箱、将手枪上膛那时候开始?从拿

---

① John Wilkes Booth,美国戏剧演员,他于 1965 年在福特剧院刺杀了林肯总统。

破仑的铁蹄玷污了莫斯科白雪的那一年开始？说是永远也毫不夸张……还有什么问题？"

我用力吞着口水，"那是……是他吗？"

"道林？阁楼上的道林？肖像的替代品？追求长生的队伍太长了，一幅画像终究不够用了？油彩、帆布，不够宽广了？这世界需要某种可以渗透，像海绵那样吸收午夜的雨、错失的早餐午餐和一切堕落罪恶的东西。某种能够真正接纳、吸收、消化的物体，脓包，巨大的肠道。可以吸纳罪恶的黏膜食道。可以承接细菌大军的实验皿。道林。"

它那绵长的皮膜表面闪现许多管子和活瓣，一种类似大笑的声音在透明的凝胶里头窒闷地游动。

一条裂缝打开来，喷出气体，再度吐出那个字：

"好……"

"他在欢迎你。"我的东道主笑着说。

"我知道，我知道。"我不耐烦地说，"可是为什么？我根本不想来。我很不舒服。为什么我们不能离开呢？"

"因为——"我的东道主大笑，"你是被选上的。"

"选上？"

"我们注意你很久了。"

"你是说，你们一直在观察、跟踪、监视我？老天，你们凭什么这么做？"

"冷静，冷静。可不是每个人都能被选上的。"

"谁说我希望被选上的？"

"要是你能够看见我们所看见的你，你就会明白了。"

我回头望着那团巨大雄伟的胶体。那生物渗出液体来湿润它的眼睑，扩张成孔洞，瞪视着，它那庞大的胶体表面流淌着许多湿亮的水痕。突然，它关闭了所有孔隙：刀割般的嘴巴，裂开的鼻孔，冰冷的眼睛全部紧闭着，它表皮上的脸不见了。夹带着喷气声的磨齿音嘶嘶喷出。

"好——"它轻轻吐出。

"单——"它喃喃说着。

"咱们就来看清单吧！"我的东道主拿出一部小笔记本电脑，在上头敲了几下，输入我的名字、地址和电话。

他看着计算机，清晰地念出上面显示的关于我这无聊一生的诸多项目。

"单身。"他说。

"已婚又离婚。"

"目前单身。生活中没有女人？"

"我一路走来，伤痕累累。"

他敲打着计算机。"经常光顾各地酒吧。"

"我没注意。"

"生活得非常盲目。总是深夜才就寝。睡一整天。每周有三个晚上猛喝酒。"

"两晚。"

"常到健身房，而且是每天。勤于锻炼身体。花很多时间做蒸气浴、按摩。突然对运动产生兴趣。每天晚上，还有每隔一天的中午，都拼命打篮球、足球和网球。这叫换气过度。"

"那是我自己的事。"

"也是我们的事。你一直在边缘辛苦挣扎。把所有这些事实丢进你脑中的吃角子老虎机[①]，用力拉，然后看那些柠檬和鲜艳

[①] 赌场里一种常见的赌博机器。投币后拉动把手会随机出现不同色彩鲜艳的图案，如停定时出现符合相同或特定相同图案连线，则按赔率胜出。

的樱桃图案旋转。拉吧。"

老天。好吧。酒吧。酒精。熬夜。健身房。蒸气浴。按摩。篮球。网球。足球。用力拉。拉吧。旋转吧。

"如何?"我的东道主愉悦地打量我的脸,"三个樱桃排成一列了?"

我起了阵哆嗦。

"环境使然。没有法庭会审判我的。"

"这个法庭选了你。我们总是让手掌去满足贪婪的鼠蹊①。不是吗?"

不停蠕动的肉团喷出气体。"是——"

有人说,被热情俘虏的人看不见自己的堕落,往往耽于欢愉,终至发狂。无视于罪恶,他们变成了禽兽,做出教堂、社区、亲友警告他们绝不可犯的错事。受了狂烈激情的驱使,他们臣服于罪恶的诱惑。他们认为女人是邪恶的教唆者,于是杀了她。处于同等愤怒和罪恶中的女人则往往服药过量。夏娃在乐园中自戕而死。亚当拿蛇当绳子上吊死亡。

可是这里没有激情犯罪,没有女人,没有教唆者,只有一堆拼命喘息的巨大肉冢和我那位金发的东道主。还有一句句利箭般令我困惑的语言。我的身体仿佛东方豪猪,浑身毛刺竖起,发出"不不不"的声音。先是回声,接着真的叫出:"不!"

是——那团隆起的组织、埋在古老浓汤下的骨骸嘶嘶地喷出蒸气。

是——

我惊愕地看见我所有的球局、蒸气浴、深夜在酒吧和天亮

---

① 即腹股沟。

前才上床的光景：一笔烂账。

我通过黑暗的长廊，遇上一个满脸痘疤、皱纹、带着酒意的陌生人。我看他醉得不成人形，刻意别开目光。他惊恐地张大了嘴，作势要和我握手。我呆呆地伸出手——却撞上玻璃！是一面镜子。我正注视着自己的一生。我曾在商店橱窗里看见自己的身影，背后的人群仿佛游动于漆黑的深海中。早晨刮胡子时，我也常看见镜中病恹恹的自己。可是这个！这个被囚禁在玛瑙里的穴居人。我，活像性杂技演员般被连拍几十张照片。是谁把这面镜子塞给我的？原来是我那位俊美的东道主，还有他后面那团腐败的肿囊。

"你是被选上的。"他们嘘声说着。

"我不接受！"我尖叫。

不知道我是真的叫出声来，或只是在脑子里叫喊，总之一只巨大的火炉突然打开。那个庞大无比的团块喷出一团团气体，我那位漂亮的主人则是惊讶地摔跌在地。因为他们在我体内脑里探究了半天，结果竟是遭到我的反抗。每当道林大喊："同志！"便有成群的健身狂一涌向前，围拥那一大片没有手臂、腿和五官的藻海。在尚未被他的沼气淹没而窒息前，他们勇敢上前，相互拥抱，在阴暗的健身房角力，然后以全新的年轻身体面对这世界。

我呢？我做了什么，竟让那个皮膜囊袋崩裂成阵阵反刍的呼啸和破碎的风声？

"白痴！"我的东道主咬着牙大吼，他紧握着拳头吆喝，"滚！滚！"

"我滚。"我大叫着，服从地转身，却绊了一跤。

我不清楚我跌倒时究竟发生了什么事。这是不是我对那团腐臭的怪物所吐出有如恶心唾沫的毒气所产生的反应，也很难说。我感觉不到谋杀之意的雷击，然而却意识到一丝有如夏季热风般的复仇气氛。什么原因？我想着。你对道林或道林对你而言是什么，为何会在道林最后一口秽气烧向你的头发、冲入你鼻孔的瞬间，释放你脑海里的九头怪，刺激你的腿、手臂、手或指甲动了起来。

那是一瞬间的事。

有什么推了我一把。是潜藏的那个受辱的自我？总之，我像是着了火似的飞向前，撞上道林然后趴在他身上。

他发出两声可怕的尖叫，第一声是发出警告，第二声是表示绝望。

这是我在降落时发现的。我没有将手伸进那充满有毒的泡沫、有很多皱褶的果冻战舰里头。我发誓，我只用一样东西在他身上碰触、刨抓、划了一下：右手的指甲尖端。

我的手指甲！

就这样，这个道林中弹、崩裂了。这只不停尖啸的长毛象垮了。这令人作呕的气球沉落了，缩成一团黑暗的皱褶，压着自己无骨的身躯，发散出阵阵火山硫黄味和浓烈的肠道恶臭，嘶嘶蒸发出雾气和绝望自怜的低泣声。

"老天！你做了什么好事？可恶！你杀了他！"我的东道主大叫，懊恼地望着逐渐衰竭的道林。

他转身挥拳，可是又跑向门口，大叫："把门锁上！锁紧！不管发生什么事，千万别开门！快！"门砰的关上。我跑过去将它上了锁，又跑回来。

无声无息地，道林消失了。

他渐渐塌陷，终至没了踪影。仿佛一具被抽掉支架的巨大皮膜帐篷，他瘫软在地上，倒在他这间巨大的巢穴平台底下的无数通风管和排气孔上。那些排气孔显然是专为了这只逐渐融化成毒液和地下瓦斯的巨大病态囊袋所设计的。我看着那恶心团块的最后一丁点被吸入排气孔。我孤零零地站在那儿。就在几分钟前，这房间里还横躺着一整个地层的秽物和未成熟的胎儿，它们吸吮着罪恶、腐败的骸骨和灵魂，然后送出一个个貌似美丽的禽兽。那个堕落的王国，那个疯狂的统治者，已经走了，走了。从地底排气孔传出的最后一声哽咽和叹息宣告了他的死亡。

我想着，天哪，就在此刻，那东西，那团可怕的毒云，正往海洋流去，准备随着友善的潮浪一起跃上洁净的海滩，等待着黎明时到来的泳客……

就在此刻……

我站在那儿，眼睛紧闭，等着。

等什么呢？接下来应该不会没事吧？果然。

从墙上，尤其是我背后那道金色房门，传来一阵震颤、抖动，接着是砰砰的巨响。

我转身，看见也听见了。

我看见房门先是一阵颤动，接着从那一端被猛烈轰击，无数拳头狂敲乱捶的声音。人声呐喊、咆哮、尖叫着。

我感觉似乎有一大群人将那道门撞得剧烈晃动，门铰链几乎就快松脱了。

我紧盯着，害怕那道门会爆裂开来，涌进一拨可怕有如梦魇罩顶的野兽，一群垂死的东西。他们撞击鼓噪着想脱逃、哀求怜悯的尖叫声那么凄厉，我不得不用两只拳头塞住耳朵。

道林走了，他们却还在那儿。哀号。尖叫。尖叫。哀号。

门外一阵猛烈的拳打脚踢,然后停止,接着是哀泣。

他们现在是什么模样?我想着。那群貌美如花的人。那群美少年。

警方一定会赶来,我想,快了。可是……

无论如何……

我绝不开门。

狗是怎么死的？

刊于《美国之旅》(American Way)
1994 年 10 月

    这是个充满厄运的日子。洪水、飓风、地震、停电、屠杀、火山爆发和各种灾难交发并至，简直糟到了极点，太阳吞没了地球，星星也全部消失。

    简单地说，班特利家族最受敬重的成员翘辫子了。

    它的名字叫作"狗"，而实际上它也是一只狗。

    星期六班特利一家人很晚才起床，发现狗躺在厨房地板上，它的头朝向麦加，它的腿整齐的交叠，它的尾巴不再摇晃，二十年来头一次静止下来。

    二十年！我的天，每个人都这么想着，它真的活了这么久？而现在，没有征求他们的同意，狗全身冰冷，它死了。

    家中的小女儿苏珊把所有人叫醒，大叫："狗出事了，快！"

    罗杰·班特利连睡袍都来不及披上，只穿着内衣就匆匆跑去看那只静静躺在厨房地砖上的大家伙。他的妻子露丝跟着他，接着是他们的儿子，十二岁的斯基普。其他家庭成员，已婚、不住家里的罗德尼和萨尔，不久也会赶回来。

    每个人将轮流说出同样的话："啊！狗进入永生了。"

狗什么都没说，像一场战役刚刚结束那样躺在那儿，一片狼藉。

泪水淌下苏珊的脸颊，接着是露丝·班特利的脸颊，接着按照顺序来的是父亲的泪水，最后被情绪影响的是斯基普。

他们本能地绕着狗围成一圈，跪在地板上抚摸它，好像这么一来它便会突然站起来，像平时面对食物时那样微笑，汪汪叫着，蹦跳着将他们推到门口。然而他们的抚摸只是徒增泪水罢了。

但他们终于站了起来，互相拥抱，茫然地开始张罗早餐，在这当中，母亲露丝突然惊叫："我们不能把它留在那儿啊。"

父亲罗杰把狗轻轻抱起来，移到院子里，放在游泳池边的树荫下。

"接下来该怎么办？"

"我也不知道。"罗杰·班特利说，"这是好几年来家里第一次有人过世——"他停顿，哼了一声，摇摇头，"我的意思是说——"

"你就是那个意思。"露丝说，"如果狗不算是家人，那它什么都不是。老天，我非常爱它。"

这话又引发一阵鼻涕眼泪，罗杰拿了条毯子盖在狗身上，可是被苏珊阻止。

"不，不要。我要看着它。以后我再也看不到它了。它好美。它好——老。"

所有人都拿着早餐到院子里，围着狗坐下，觉得如果在屋里吃就是忽略了它。

罗杰打电话通知其他孩子。一阵啜泣之后，他们的反应很一致：他们马上赶回来。等他们。

等其他孩子赶到——先是二十一岁的罗德尼,接着是长女,二十四岁的萨尔——所有人再度沉浸在哀伤之中,他们静静坐了片刻,看着狗,等待奇迹。

"你们打算怎么做?"

最后罗德尼开口了。

"这实在可笑,"一阵冗长的尴尬后,罗杰·班特利说,"毕竟,它只是只狗——"

"只是?"其他人立刻大喊。

罗杰不得不退让。"对,它有资格住进泰姬玛哈陵。但我们只能把它送到伯班克市的奥利安宠物墓园。"

"宠物墓园?"

所有人大叫,但每个人腔调各异。

"我的天,"罗德尼说,"太蠢了。"

"有什么蠢的?"斯基普红着脸,嘴唇颤抖,"狗是……是稀有的……珍宝。"

"对啊!"苏珊应和着。

"抱歉。"罗杰转身看着游泳池、树丛、天空,"我觉得应该叫那些处理尸体的清洁人员过来……"

"清洁人员?"露丝·班特利大叫。

"尸体?"苏珊说,"狗又不是尸体!"

"那它是什么?"斯基普脸色惨淡地说。

他们全注视着静静躺在游泳池旁的狗。

"它是……"苏珊冲口而出,"它是……它是我的心肝!"

趁着他们还没被泪水淹没,罗杰拿起院子里的分机,拨了宠物墓园的号码,说了几句然后挂断。

"两百元。"他告诉大家,"还可以。"

"狗的？"斯基普说，"不够啦！"

"你真要送它去？"露丝问。

"是啊。"罗杰说，"以前我常拿那种地方开玩笑。可是现在，想到以后我们再也见不到狗——"他刻意停顿了几秒。"中午他们会过来带狗。明天举行仪式。"

"仪式？"罗德尼哼了一声，大步走到游泳池边，挥着两只手臂，"我才不参加那种葬礼！"

所有人盯着他看。

最后罗德尼转身，垂下肩膀说："好吧，我去。"

"要是你不去，狗永远都不会原谅你的。"苏珊抽噎着，擦着鼻涕。

可是这些话罗杰·班特利一句都没听进去。他看着狗，再看看他的家人，抬头仰望天空，然后闭上眼睛，发出长长一声叹息。

"啊，天哪！"他说，依然紧闭着眼睛，"你们可知道这是我们家第一次发生不幸？我们可曾生病或上医院？可曾发生过意外？"

他等着。

"没有。"其他人回答。

"糟糕。"斯基普说。

"糟糕，对啦。你们终于注意到意外、疾病和医院的事了。"

"说不定——"苏珊说，不时停下来等沙哑的声音恢复正常，"说不定狗死掉是为了告诫我们，我们有多幸运。"

"幸运？"罗杰睁大眼睛，转身说，"没错！你们知道，我们是——"

"生活在科幻小说中的世代。"罗德尼接口说，悠闲地点了根烟。

"什么?"

"大家一天到晚谈这些,学校课堂上,餐桌上。开罐器。科幻小说。汽车,收音机,电视机,电影。所有这一切!都是科幻小说。"

"真的,的确是。"罗杰大叫,然后跑去注视着狗,好像答案就藏在最后一批逃离的跳蚤当中。"真的,几年前根本没有汽车、开罐器、电视机等,必须有人幻想这些东西。告诫开始。有人把它们制造出来。告诫中。科幻小说的梦想终于变成科学事实。告诫结束。"

"当然!"罗德尼礼貌地鼓掌。

受了儿子的嘲讽,罗杰·班特利沮丧地蹲下,摩挲着那只死去的生畜。

"抱歉,狗刺激了我。我实在忍不住。几千年来,人只能无奈地死去。现在,那个时代结束了。总归一句:科幻小说。"

"鬼扯。"罗德尼大笑,"别再看那种垃圾书了,老爸。"

"垃圾书?"罗杰摸着狗的鼻子,"当然。可是像李斯特、巴斯德、索克[①]这些人呢?他们痛恨死亡,努力和它对抗。科幻小说就是这么回事。痛恨现状,想要改变一切。垃圾书?"

"老掉牙的通俗玩意儿。"

"老掉牙?"罗杰怒眼瞪着儿子,"老天。我出生在1920年,那个时代,如果你想在周日探望你家人,你必须——"

"到墓地去?"罗德尼说。

"没错。我的兄弟姐妹在我七岁时就都死了。我的亲人有一

---

① Joseph Lister、Louis Pasteur、Jonas Salk,三者皆为在医学上有重要贡献的生物科学家。

半不在人世。告诉我，亲爱的孩子，你们的朋友当中有多少是在你们成长的过程中死掉的？文法学校？中学？"

他来回注视着他的家人，等着。

"没有。"罗德尼终于说。

"没有！听见没？没有！老天。我十岁的时候，我的众多好友中已经死了六个。等一下，我突然想起来。"

罗杰·班特利匆匆跑到走廊的柜子里翻找，然后拿着一张七十八转的老唱片来到阳光下，吹去上面的灰尘。

他眯着眼读着上面的标签："'没事，不然狗是怎么死的？'"

每个人都过来盯着那张老唱片。

"啊，这东西很旧了吧？"

"在1920年，我小时候，这歌我不知道听了多少次。"罗杰说。

"'没事，不然狗是怎么死的？'"萨尔看着父亲的脸。

"在狗的葬礼上放这首歌吧。"他说。

"你是当真的吗？"露丝说。

这时门铃响了。

"该不会是宠物墓园的人要来把狗带走——？"

"不要！"苏珊大叫，"太快了！"

一家人本能地在狗和门铃声之间围成一道墙，怎么都不肯放手。

然后他们又哭成一团。

这场葬礼最奇怪也最美好的地方在于参加者非常之多。

"我不知道狗有这么多朋友。"苏珊哽咽着说。

"它经常到处白吃白喝。"罗德尼说。

"别说死者的坏话。"

"本来就是,要不然比尔·琼斯为什么会来?还有卡特·斯卡尔,还有住在对街的吉姆?"

"狗,"罗杰·班特利说,"真希望你看得见这盛况。"

"它看得见。"苏珊的眼眶又湿了,"无论它在哪里。"

"软心肠的苏珊,"罗德尼小声说,"就连翻电话簿都会哭——"

"闭嘴!"苏珊大叫。

"你们两个,安静。"

罗杰·班特利开始移动,垂着眼睛,往小葬仪室前方走去,在那儿的一只不算华丽也不算寒酸,而是刚刚好的盒子里,狗被平放着,头栖息在两只前腿上。

罗杰将不锈钢唱针放下,那片黑胶唱片开始在一架烤漆斑驳的小型留声机上旋转起来。唱针沙沙地刮着唱片。邻居们全部探头过来。

"没有葬礼演说。"罗杰迅速说着,"只有这个……"

于是一个声音从悠远的年代传来,开始叙述一个故事,说有个男人度完假回家,问他的朋友,他离开时发生了什么事。

结果似乎什么事都没发生。

噢,只有一件事。每个人都感到疑惑,狗是怎么死的。

狗?男人问。我的狗死了?

是啊,也许祸首是烧焦的马肉。

烧焦的马肉?男人大叫。

是这样的,通报者说,谷仓起火时,马肉也着了火,狗吃了烧焦的马肉,就死了。

谷仓?男人惊叫。谷仓怎么会起火的?

因为房子的火花延烧到谷仓,把马肉烤焦,狗吃了肉,就死了。

房子的火花？男人大叫。房子怎么会——

因为房子的窗帘着了火。

窗帘？着火？

是棺材周围的蜡烛引起的。

棺材？

你姨妈葬礼中的棺材，在它四周的蜡烛烧了窗帘，房子着了火，火花乱飞，烧了谷仓，狗吃了烧焦的马肉——

总归一句：

没有事由，那狗是怎么死的？

一片沉默中传出几声零星的轻笑，尽管唱片内容是关于垂死的狗和人。

"好了，你准备演说了吗？"罗德尼问。

"没有，只有一篇感言。"罗杰·班特利将两手放在讲坛上，低头久久看着不存在的笔记本。"我不知道我们聚在这里是为了狗还是我们自己。我想两者都有吧。我们是没经历过苦难的一群人。今天算是一个开端。倒不是说我祈求灾难或疾病。上天不会允许这种事。死亡，请慢点到来。"

他用双手将那张黑胶唱片转了又转，在那些沟纹中寻找着字句。

"没事。只是姨妈葬礼中的蜡烛烧上窗帘，火花飞溅，狗便西归了。在我们的生活中，情况正好相反。连着好几年没事。生活宽裕，身体健康，一切美好。所以——究竟有什么意义？"

罗杰·班特利瞥了眼罗德尼，他正低头看着手表。

"总有一天我们也会死。"罗杰加速往下说，"很难相信。我们都被惯坏了。可是苏珊说得对。狗的死就是为了点醒我们，而我们一定得相信。同时也要觉得庆幸。庆幸什么？庆幸我们正处于一段生存将会变得越来越美好的惊人历史的开端。各位或许会说，下一次大战发生时我们一个也别想活。也许吧。

"我只能说，我认为你们一定都会成为非常长寿的人。再过九十年，大部分人都将摆脱心脏病、癌症，跳脱生命周期的限制。这世界将会少去许多哀伤，感谢老天。这是否很容易办到？不容易。我们是否应该去做？应该。并非所有国家都能马上达到。可是，大部分终究都可以。

"我昨天说过，五十年前，如果你想探访你的姨妈、叔叔、祖父母、兄姊，你必须到墓园去找他们。人们的话题离不开死亡。你不得不谈论。时间到了吗，罗德尼？"

罗德尼用手势告诉父亲，他只剩下一分钟。

罗杰·班特利开始收尾。

"当然，现在仍然有小孩死去，但少了很多。老人家呢？多半是在度假中心而不是在墓园里。"

这位父亲目光灼灼地凝视着坐在长凳上的家人。

"老天，瞧你们！再看看从前。几千年来只有恐惧，只有悲痛。如果生下的孩子死了一半，做父母的该如何把孩子养大而不发疯？真是天晓得。但是，再怎么心碎，他们还是努力撑下去。只不过还是有千百万人死于流行性感冒或瘟疫。

"所以说，我们正处在一个新时代中，但我们看不见，因为我们就在暴风中心，平静无风。

"我说完了，最后向狗致意。因为我们爱它，我们做了这件几近傻气的事，举行了这个仪式，可是突然间，我们已经不再因为替它买了块墓地或站在这里说话而感到羞耻或歉疚了。我们或许永远不会来探望它，谁知道呢？可是它总算有了安身之地。狗，好孩子，安息吧。好了，大家擤擤鼻子吧。"

所有人都擤了鼻子。

"老爸，"罗德尼突然说，"我们——可以再听一次那张唱片吗？"

大伙儿惊讶地望着罗德尼。

"真巧，"罗杰说，"我正想提议呢。"

他把唱针放在唱片上。唱片沙沙转动。

大约听了一分钟，故事来到房子的火花飞到谷仓，谷仓起火，烤焦了马肉，害死了狗，小葬仪室的后门传来一阵声响。

一个怪异的男人站在门口，拿着一只小柳条编织篮，从那里头传出熟悉的微弱吠叫声。

当故事发展到棺材周围的蜡烛火焰烧上窗帘，残余的火花随风飘飞……

这家人已经来到阳光下，围着那个提着编织篮的古怪男人，等着父亲过来掀开小篮子的布盖，好让他们可以将手探进去。

这一刻，根据苏珊后来的说法，就像再一次翻阅电话簿的感觉。

女巫之门

刊于《花花公子》(*Playboy*)
1995年11月

那是一阵阵敲门声,焦躁、狂乱、不肯罢休的敲门声,源自歇斯底里、恐惧和一种迫切想被听见、被解救、释放并脱逃的渴望。那是从壁板下传出的扭绞声,空洞的敲打,叩击,探测,刨抓。那是挠抓中空木板的声音,拉扯牢固铁钉的声音;那是从密室传出的模糊的叫喊声和哀求声,远远的,一声求救的呼唤,接着是一阵沉默。

空洞、恐怖到了极点的沉默。

罗伯特和玛莎·韦伯在床上坐起。

"你听见没?"

"刚才就听见了。"

"在楼下。"

不管那一直狂敲乱打、激烈得抓破手指甚至渗出血来、哀求着被释放的人究竟是谁,此刻已经安静下来。这个人此刻聆听着,想知道自己的恐怖行动和敲打是否起了作用。

冬夜带着落雪的寂静铺满屋内,寂静像雪花落在每个房间,飘洒在桌子和地板上,往楼梯间一路堆积上去。

然后敲击声又响起。接着：

轻柔的哭泣声。

"在楼下。"

"屋子里有人。"

"你想会不会是洛特-加龙省？前门没上锁。"

"她应该会敲门才对。不会是洛特。"

"除了她不可能是别人。她来过电话。"

两人一起望着电话。要是你拿起话筒，便会听见冬天的寂寥。所有电话都不通。几天前邻近城镇发生动乱后电话就不通了。此刻，在话筒里，你只能听见自己的心跳声，"我可以住在你家吗？"洛特在六百里外叫喊着。"一晚就好。"

他们还没来得及搭腔，话筒里又恢复了一片绵长的寂静。

"洛特说她要来。她的语气很焦急。楼下说不定就是她。"玛莎·韦伯说。

"不对，"罗伯特说，"那哭声我以前也听到过。老天。"

他们躺在这栋马萨诸塞州荒野中的偏远农舍的冰冷房间里，这房子远离主要道路，远离城镇，附近只有一条萧瑟的河流和一座黑森林。时间是寒冻的十二月中旬，空气中弥漫着白雪寒气。

他们起身。借着一盏油灯的光线，两人像是两腿悬在断崖边似的坐在床沿。

"楼下没人，不可能有人。"

"无论那是谁，听起来似乎很害怕。"

"可恶，谁不害怕呢。所以我们才跑到这儿来，远离城市、骚乱和种种愚行。不再有窃听、滥捕、出租车和疯子。现在当我们总算发现真相，他们就拼命打电话来骚扰。还有今晚这个，老天。"他回头看着妻子,"你害怕吗?"

"我也不知道。我不相信鬼魂。现在是1999年,我很正常。或者该说我希望我是。你的枪呢?"

"用不着的。别问为什么,反正用不着。"

他们各自提着油灯。再过一个月,屋后那些白色库房里的小发电厂就会完工,到时就有电可用了,但是目前他们只能提着昏暗的油灯或蜡烛在农舍里到处晃荡。

他们站在楼梯间。两人都是三十三岁,也都非常实际。

那个哭声,那种哀伤和请求声,从楼下的寒冷房间传了上来。

"她的声音好悲伤,"罗伯特说,"老天,我真替她难过,却连她是谁都不知道。走吧。"

他们下了楼。

仿佛听见他们的脚步声似的,那哭声更响亮了。加上某种类似撞击下层墙板的闷响。

"女巫之门。"玛莎·韦伯终于开口。

"不可能。"

"一定是。"

他们站在长廊里,看着楼梯底下,那儿的壁板正微微颤动。这时哭声已经减弱,仿佛哭的人累了,或被什么事分了心,或者被他们的谈话声吓了一跳,正竖耳聆听着。此刻,这栋冬夜里的屋子沉寂无声,这对夫妻等着,手中的油灯悄悄冒着烟气。

罗伯特·韦伯朝女巫之门走去,摸索着门板,寻找隐藏的门把和秘密的弹簧。"里头不可能有人,"他说,"老天,我们搬来这儿已经六个月了,这不过是个小房间。当初房屋经纪人把这房子卖给我们的时候不就这么说的?没有人能够瞒着我们躲在里头。我们——"

"你听!"

两人听着。

什么都没有。

"她走了,它走了,不管那是什么,真是的,这扇门从来就没打开过。没有人记得用来开门的弹簧在哪里。说不定连门都没有,只有一块松松的木板和一堆老鼠窝,没别的。发出抓墙板的声音又有什么好奇怪的?"

他回头看着妻子,她正紧盯着那个密室。

"胡说,"她说,"老鼠不会哭。那是人的声音,求救的声音。刚才我以为是洛特。可是现在我想应该不是她,而是某个和她一样麻烦缠身的人。"

玛莎·韦伯上前,颤抖着指尖抚摸那老旧枫木门板的倾斜边框,"不能打开吗?"

"用铁棍和榔头应该可以,明天再说吧。"

"啊,罗伯特!"

"少来,我累了。"

"你不能让她待在里面,任由她——"

"她已经不哭了。我真的累了,明天一早我就下来把这扇门撬开,好吗?"

"好吧。"她说着,眼眶涌出泪水。

"女人。"罗伯特·韦伯说,"真是的,你和洛特两个人真够我受的。要是她真要来,要是她真来了,这个家可就别想有片刻安宁了。"

"洛特没事。"

"当然,可是她口风该紧一点。这年头说自己是社会党、民主党、自由党员或者赞成堕胎合法化,或者新芬党之类的,一点好处都没有。城镇都被炸光了。人们正在寻找代罪羔羊,洛特却老是信口开河,把自己搞得灰头土脸,最后只有逃亡一途了。"

"要是他们逮到她,一定会把她关进监狱。或者杀了她。没错,杀了她。我们能带着食物逃到这里来算是幸运的了。所幸我们事前就有准备,料到饥荒和屠杀就要发生。我们救了自己。现在我们得救洛特,如果她能逃出来的话。"

他没回应,只转身对着楼梯。"我累坏了,我不想救任何人,就算是洛特也一样。可是,如果洛特真的上门来,我不会拒绝她的。"

他们提着油灯走上楼梯,在一片颤动的白色光晕笼罩下缓步前进。屋内寂静得有如雪花飘落。

"真是的,"他轻声说,"我真不喜欢听女人发出那种哭声。"

听起来就像整个世界都在哭泣,他心想。全世界正在垂死边缘,那么无助、孤单,可是你又能如何?住在这种农舍里,远离没人会经过的高速公路,远离充满愚昧和死亡的世界,你又能如何?

他们留下一盏油灯没吹熄,拉了被子盖住全身,躺着,听强风撼动整间屋子,将梁柱和镶木地板吹得吱嘎响。

片刻后,一声叫喊从楼下传来,清脆的碰撞声,像是门板猛地甩开,一股气流涌出,在屋内到处奔窜的脚步声,近乎欣喜的一声啜泣,接着,前门砰地打开,冰冷的寒风飒飒地灌进屋内,脚步声通过门廊,然后消失。

"你听!"玛莎大叫,"果然!"

两人提着油灯匆匆下楼。他们来到女巫之门前面,门敞开着,强风让他们几乎就要窒息,接着他们跑向前门,手中的灯光投入漆黑的雪夜,什么都看不见,没有月光,只有一片白色和山丘,以及在油灯映照下,雪花以轻柔闪烁的飞蛾之姿从天空飘下覆盖着白绒毯的院子。

"走了。"她轻叹。

"谁?"

"谁知道呢,除非她回来。"

"她不会回来的。你看。"

他们将油灯移向雪白的地面,和那排通过柔软雪地、朝着漆黑森林远走的小脚印。

"看来是个女人。可是……为什么?"

"天晓得。这疯狂的世界,如今还有什么值得奇怪的?"

他们在那儿盯着脚印看了好一阵子,直到冷得打哆嗦,才退回走廊来到敞开的女巫之门前。

他们举着油灯探入楼梯下的空间。

"不过是个小房间,比壁橱还小,瞧……"

里头有张小摇椅,一块布条编织毯子,一根插在铜烛台上的用过的蜡烛,和一本破旧的《圣经》。里面弥漫着霉味和苔藓、枯萎花朵的气味。

"以前他们把人藏在这里头?"

"没错。很久以前,他们把一些所谓的女巫藏在这里。当时,女巫得接受审判。有许多人被吊死或烧死。"

"真的,真的。"两人喃喃说着,注视着那个小得离谱的房间。

"他们搜索这房子的时候,女巫就藏在这小室里,等他们离开?"

"没错,啊,老天,没错……"他唏嘘着。

"罗伯特……"

"什么?"

她弯下身子。她苍白着脸,无法不看那张老旧的小摇椅和那本褪色的《圣经》。

"罗伯特。几年了?这栋房子,有几年历史了?"

"大概三百年吧。"

"那么久了?"

"怎么?"

"真疯狂。真蠢……"

"疯狂?"

"房子啊,像这样的老房子。过了那么些年。过了不知多少年。老天,感觉一下!把手放进去,有感觉吗?能不能感觉到它的变化?真傻。还有,要是我坐在那把摇椅上然后把门关上,会怎样?那个女人……她在那里头待了多久?她是怎么进去的?都那么久以前的事了。你不觉得奇怪?"

"鬼扯。"

"可是如果你想逃离的心够强烈,迫切地期待、祈求,因为有人在后头追你,然后有人把你藏在这样的地方,一个女巫躲在一扇门后,听见外头满屋子的搜索声浪逐渐逼近你,难道你不会想逃开?逃往别的地方?任何地方都好?或者别的时间?而且,在这样的房子里,没人知道有多老的老房子里,如果你渴求、祈求的心够强烈,你会不会就这么逃往另一个年代?也许……"她顿了下,"就是这里……"

"不会的,"他含糊地说,"别胡说了。"

然而,那密闭空间里的某种轻微骚动,使得两人几乎同时伸出手,充满好奇,像是探测着隐形水流那样搅动着空气。空气似乎来回流动着,一下热一下冷,突然一道光芒迸现,接着又暗下来。所有这些都只能意会不可言传。这里头有气候,有时是夏季,接着又转成寒冬,当然这是不可能的,却真实存在着。

他们的手指触摸得到,眼睛却看不到的,是条黑暗和太阳之流,和时间一样无形地奔流着,清澈如水晶,但又蒙着一层浮动的暗影。两人都感觉,要是他们将手探得更深一些,或许便会被卷入一场存在于小小空间里的巨大季节风暴中。同样地,所有这些他们都只在心里想着或几乎感觉得到,却无法形容。

他们缩回寒冻但又晒伤的双手,低头端详了一阵,惊慌地紧握在胸口。

"可恶,"罗伯特·韦伯嘘声说,"啊,真要命。"

他们出了走廊,再次来到大门口,望着外面的雪夜。那排脚印几乎已消失无影。

"不妙,"他说,"真的不妙。"

这时道路上有道黄色的车头灯光往屋子前方扫来。

"是洛特!"玛莎大叫,"一定是她!"

车灯熄灭。他们跑上前去迎接那个朝着他们前院跑来的女人,"洛特!"

那个眼神狂乱、头发随风乱舞的女人冲到他们面前。"玛莎,罗伯特!我以为再也见不到你们了!我迷路了。我被跟踪了,我们快进屋里去。噢,我不是故意在半夜把你们吵醒,真的好高兴见到你们!老天!把车子藏好。钥匙在这里。"

罗伯特跑去将车子开到屋子后方。当他回来,发现厚重的落雪已经将车痕完全掩盖。

三人进了屋子,一边说话,彼此紧握着手。罗伯特不断回头看着前门。

"大恩不言谢。"洛特在椅子里缩着身子。"这下你们有危险了。我不会待太久的,只要几个小时,等风头过去。然后……"

"你想待多久就待多久。"

"不。他们会跟来的。在城市里,火灾,谋杀,人人都在挨饿,我偷了汽油。你们还有吗?够我开到格林巴勒的菲尔·莫迪斯家?"

"洛特。"罗伯特说。

"怎么了?"洛特气喘吁吁地停下。

"你来这儿的途中,有没有看见什么人?一个女人?沿着公路跑?"

"什么?我开得好快!一个女人?有!我差点撞上她。然后她就不见了。怎么?"

"这个……"

"她不是危险人物吧?"

"不是。"

"我到这儿来,没关系吧?"

"没关系。快坐下。我去煮咖啡……"

"等等。我去查看一下。"他们来不及阻止,洛特便已跑向前门,打开一条门缝往外探看。

他们站在她身边,看见远远一排车头灯闪烁着越过低矮的山丘,进入山谷。"他们来了,"洛特小声说,"他们很可能会到这儿来搜索。老天,我该躲在哪里?"

玛莎和罗伯特对望了一阵。

不,不要,罗伯特想着。老天,不要!这情况荒谬、难以想象、怪诞而且凑巧得让人啼笑皆非。不,不可以。走吧,命运,带着你在离去与现身时机上的不够精确,或者该说太过精确的安排滚蛋吧。洛特，十年后再来，或者五年、一年、一个月、一星期后，再来请求我们让你藏身。甚至明天也可以。但请不要像个傻孩子那样双手捧着巧合到来，就在上一个惊悚事件，或是奇迹发生不到半小时后来测试我们的信任。毕竟我不是狄更斯，无法两眼一眨让这一切消失。

"怎么回事？"洛特说。

"我——"罗伯特说。

"没地方让我藏身？"

"有，"他说，"我们有个地方。"

"在哪里？"

"这里。"他缓缓转身，连自己都大吃一惊。

他们通过走廊，来到那片半开的壁板前。

"这里？"洛特说，"密室？是你们——"

"不是的，很久以前这房子建造时就有了。"

洛特碰触、晃动着门板。"牢靠吗？会不会被他们发现？"

"不会的，建得很牢固。把门关上，根本看不出这儿有个房间。"

屋外寒夜中，几辆车子逐渐逼近，车灯沿路闪烁，灯光扫过屋子窗口。

洛特像窥探着一口荒凉深井似的往女巫之门内探看。

在她周围扬起一片尘埃。那张小摇椅颤动起来。

洛特缓缓地走进去，触摸那根只燃剩一半的蜡烛。

"蜡烛还是温的呢。"

玛莎和罗伯特没说什么。他们扶着女巫之门，嗅着蜡烛油脂的气味。

洛特僵直地站在那小空间里，在低矮的屋梁下垂着头。

雪夜里响起汽车喇叭声。洛特深吸一口气说:"把门关上吧。"

他们关上女巫之门。从外面完全看不出门的痕迹。

他们熄了油灯,站在黑暗冰冷的屋内,等着。

几辆车子疾驶而来,车声隆隆,黄色车头灯在雪中荧荧闪耀。风搅动着院子里一排往外、一排往内的脚印,洛特车子的轮胎印被迅速掩盖,终至消失。

"感谢老天。"玛莎轻声说。

那些汽车鸣着喇叭绕过最后一处弯道,下了山丘,停车,等着,观察着这栋黑暗的房子。然后,他们发动车子离去,隐入雪地和一片山丘之中。

不久灯光消失,车声也随着远离。

"我们运气不错。"罗伯特·韦伯说。

"她的运气却不好。"

"她?"

"从这里跑出去的那个女人,不管她是谁,他们会找到她的。总会有人发现她的。"

"老天,你说得没错。"

"她没有身份证件,没有任何证明。她也不知道这究竟是什么状况。等她说出她是谁、她从哪里来,那可就糟了!"

"没错。"

"老天保佑。"

他们望着屋外,什么都没看见。大地静悄悄的。"逃不掉的。"她说,"这种天气,没人能逃得掉。"

他们离开窗口,沿着走廊到了女巫之门前,触摸着门板。

"洛特。"

他们喊着。

女巫之门没有一丝动静。

"洛特,你可以出来了。"

没有回应,连呼吸或叹息声都没有。

罗伯特叩门。"嘿,里面的。"

"洛特!"他敲着门板,慌乱喊着。

"洛特!"

"开门啊!"

"可恶,我打不开!"

"洛特,我们会开门让你出来,你等着。不会有事的。"

他用两只拳头拼命撞击,一边咒骂。然后他说:"当心了!"他后退一步,抬起腿,踢了一次、两次、三次,往门板上狂踢无数次,门破了好几个洞,木屑飞溅。他探进去,将整块门板拉开。

"洛特!"

两人一起弯下腰,探看着楼梯下的小空间。

小桌上的蜡烛火光摇曳。那本《圣经》不见了。小摇椅前后轻轻晃动,画出小弧线,接着静止下来。

"洛特!"

他们望着空荡的房间。烛火闪烁。

"洛特。"他喊着。

"你想会不会……"

"我不知道。老房子就是老……很老……"

"你想洛特……她……?"

"我不知道,真的不知道。"

"那么她总算是平安无事了!感谢老天!"

"平安？她去了哪里？你真的认为她平安了？一个女人穿着现代衣服，抹着口红，穿着高跟鞋、短裙，喷了香水，拔了眉毛，戴着钻戒，穿着丝袜，会平安无事？"他说，透过女巫之门的空门框久久凝视着里头的空间。

"是的，平安。难道不是？"

他深吸一口气。

"一个这副模样的女人，迷失在1680年一个名叫塞勒姆[①]的城镇，会没事？"

他伸手将女巫之门关上。

两人就这么坐在门边，熬过漫长、冰冷的残夜。

[①] Salem，是美国马萨诸塞州的一个小镇，17世纪曾发生女巫审判案，被称为"女巫镇"。

机器中的灵魂

收录于本书
1996 年

1853 年，村里最热门的话题无疑是关于山上的男人，他那间茅草和石砖搭成的小屋，荒废的花园和他那位出走的妻子；她从来不提他发疯的事，走了便再也没回头。

村里的人始终没能鼓起勇气去瞧瞧他究竟有多疯，或者他的妻子为何会噙着泪水离开，留下一间任由雨淋雷劈的空屋。

然而……

在一个热气逼人，没有云影可供纳凉，也没有雨水可缓解人或动物的闷热日子里，一名专家来到这里。这人就是莫蒂默·高夫博士，一个多才多艺的男人，多半干些古怪且赚钱的营生，但也常到世界各地旅行，寻找诡异事件或者难解的谜局。

这位博士一路跋涉上山，踉跄地走过铺满碎石子的小径。他没带着他的四轮马车和几匹马，怕这种山路会让它们瘸了脚。

原来高夫博士是从伦敦来的，呼吸惯了雾气，也见多了暴风雨，这会儿被过多的阳光和热气吓着了。此刻这位好奇的医生停下脚步，累得靠在篱笆上，抬头远眺着山顶问道："这条路是通往那个狂人的家吗？"

一个与其说是人类倒不如说比较像稻草人的农夫扬起眉毛,哼了声:"你说的是以利亚·韦瑟比①。"

"如果狂人也有名字的话,没错。"

"我们都叫他疯子或痴汉,不过狂人也可以。听起来比较有学问。你也是他们一伙的?"

"我是有些书,还有化学蒸馏器和一具曾经是活人的骷髅,还有伦敦历史科学博物馆的荣誉会员证——"

"这很好,"农夫打断他说,"可是这些对烂掉的谷物和死去的老婆一点帮助都没有。跟着你的鼻子走吧。等你找到那个傻瓜,或者随便你怎么叫他,把他带走吧。我们受够了他每天半夜在他那间堆满铁砧的铸铁厂大吼大叫,敲敲打打地发出噪声。有人说他很快就要制成一个怪兽,把我们统统给杀了。"

"真的吗?"高夫博士说。

"不是,我只是随口说说。日安,博士,愿老天保佑你不会被山上的雷电给劈中。"

农夫说完又开始铲土,将这段对话一并埋葬。

于是这位受了警告的好奇博士继续往上爬,头顶着完全挡不住烈日的乌云。

终于他来到一间看来与其说是家不如说是坟墓的小屋,它的周围是片比较像坟地而不像花园的土地。

在那间眼看就要倒塌的石砖茅草小屋外头,有个影子走上前来,似乎早就等在那儿,走近一看,是个非常老的男人。

"你可终于来了。"那人喊着。

高夫博士喊了回去:"听起来你似乎料到我会来拜访,先生。"

---

① Elijah 为《圣经》所载先知,故事出自旧约《列王纪》。

"的确,"老人说,"等了好些年了。为什么现在才来?"

"你这儿毕竟和伦敦有段距离,先生。"

"说得也是。"老人同意然后补充说,"我是韦瑟比。发明家。"

"原来是发明家韦瑟比先生。我是高夫博士,自称搜查员,因为我为了我们的女王走遍各地,翻石头,挖块菌,寻找各种新奇事物,好用来取悦陛下,填满她的博物馆或者装点世上最伟大城市的商店和街道。我来对了地方吗?"

"正是时候,因为我已经八十岁了,体力大不如前了。要是你明年才来,也许就得到教堂墓园去找我了。快进来!"

这时高夫博士听见背后聚着一群人,正充满恶意地窃窃私语。因此韦瑟比先生一召唤,他立刻欣然进屋,坐下,看着一瓶算是稀有的威士忌被大方地斟满杯子。高夫博士痛饮了几口,然后环顾着屋内。

"东西在哪里?"

"什么东西,博士?"

"你的狂妄发明,疯狂的机器,哪里都去不了,但一旦动起来却能撞倒小孩、羔羊、牧师、修女或者瞎眼的老狗,在哪里?"

"原来我这么出名?"老人缺牙的嘴里爆出几声零落的笑声,"是这样的,博士,我把东西锁在后面的羊棚,也就是我的机器库房里。把酒喝完,壮壮胆,好准备去见我毕生努力的悲喜结晶。喝吧。"

博士喝干了酒,又添了一杯,然后匆匆出门,通过一小片光滑的圆形草皮,来到一间门上安了好几道挂锁和钥匙的棚屋。老韦瑟比走进去,点亮几根蜡烛,然后邀请博士进入。

他指着一个马槽。

凭着他的手势和呼喊,博士以为眼前会出现圣母、婴儿床和圣婴。

"她就在这儿!"

"这么说来,是女性?"

"仔细一想,她的确是。"

烛光中,韦瑟比的自豪机械就在那里。

高夫博士轻咳一声,借以掩饰他的懊恼。

"那个,先生,只不过是个金属框罢了。"

"却是个能够留住速度的金属框。哈!"

充满青春狂热的老人冲过去抓住一只相当大的轮子,把它搬到金属框前,装在框的前部。接着他又搬来另一只圆形物体,装在框的后部。

"如何?"他说。

"我只看见两个轮子,半辆四轮马车,没有马。"

"我们可以淘汰所有的马。"韦瑟比说,"等我的发明大量生产,世间的马儿都会感到羞愧,堆肥也将绝迹。你可知道,在伦敦每天要清除一千吨马粪,大量肥料就这么浪费掉,没有撒在郊区的田里,而是像泰晤士河底的烂泥那样被丢弃。老天,我说太多了。"

"继续说,先生。那些轮子看起来像纺织轮,是从附近农庄借来的?"

"没错,但是用金属焊接补强过了,能够承受——"韦瑟比抚着嘴唇,"一百二十磅的重量。这是用来承载重量的鞍座。"他说着在金属框中央安上一只马鞍。"这是用来操控后轮的马镫和皮带。"他说着将一条长皮带固定在一侧马镫滚轴上,然后把它绑紧在后部的线轴上。

"准备开始欣赏了吗,博士?"

"我已经别无选择了,先生。"

"好,那么,我要登上马鞍了。"

轻盈有如黑猩猩的老人嗖地跃上金属框中央的皮革鞍座,前后两端的轮子无声转动着。

"我还是没看见马,先生。"

"我就是马,博士。我是准备尽情奔驰的马儿。"

老人两腿踩上马镫,开始往上、左右、往下猛踩,后面的轮子被带动,也跟着上下左右转动起来,发出美妙的嗡嗡声,牢牢固定在平台木板上。

"原来,"博士眼睛一亮,"这是发电装置?从富兰克林的风雨闪电笔记得来的灵感?"

"老天,不是。它可以制造闪电,没错。可是这个,先生,虽然看起来不像,其实是匹马,而我是夜之骑士!"

韦瑟比气喘吁吁地猛踩,而稳固的后轮越转越快,越转越快,边发出尖锐的声音。

"非常好。"博士哼着鼻子说,"可是这匹马,如果它算是匹马,还有骑士,如果你算是骑士,似乎哪里也去不了。你给它取了什么名字?"

"我有好多个夜晚和好多年可以考虑。"韦瑟比急喘着,"例如速度器。'努力地踩'。或者抛掷器。可是不行,听起来好像我会被我的'马'抛出去。电流快手?不错吧?'用力地踩'。大地骑士或减光器,因为——'费力地喘'。它的确可以缩减时间和距离。博士,你懂拉丁文吧?脚和轮子,用脚带动轮子——想个拉丁名字吧!"

"以利亚，就用你的名字吧，以利亚。"

"以利亚看见空中出现火车火马，为他开了升天的路，不是吗？"

"很久以前我在教堂里读到的是这样没错。而你，很明显的，却在地面上。何不叫作脚踏车（Velocipede）？和速度有关，而且也得用上脚趾和脚踝？"

"很接近了，高夫博士，很接近了。你为什么盯着看？"

"我突然想到，伟大的时代自然会产生伟大的发明。发明者在同年代的人看来就像孩子。可是现在却不是你或任何发明者的伟大时代。是时代唤醒你，作为人类中最伟大的天才？"

老韦瑟比让他的机器自转了一阵子，然后微笑着说："不是，相反的，我和蒂尔达——我叫我的机器蒂尔达——将成为唤醒这时代的巨大力量。我们的影响力将延续一整年、十年甚至千年！"

"很难相信，"这位博士说，"你能够开出一条路，从你的门槛通往你准备大展宏图的城市。"

"不，正好相反。当外面的城市和世界认识了我，这机器将为我开出一条通往功成名就的道路。"

"你志向远大，韦瑟比先生。"博士淡淡地说，"不过人需要食物、水、饮料和空气。你拼了命踩踏，但还是在原地。一旦离开那架子，你难道不会摔得伤痕累累？"

"不，不会的。"韦瑟比又开始起劲地踩，"因为我已经发现一些物理现象，虽说还不明确。也就是，你越是快速推动这机器装置，就越不容易往左或往右倒下，而是继续直线前进，只要没有障碍物的话。"

"只靠两个轮子支撑？证明给我看。你松手，让它自己转动，咱们瞧瞧你能够维持前进的姿势多久而不摔下来。"

"老天啊，闭嘴！"韦瑟比大叫，双腿猛力踏着镫板，踩得吱嘎响，身体顶着看不见的狂风，让轮子转得飞快。"听见了吗？你听，呜呜地哀号声，哭声，叹息声。机器里的幽魂，应允着各种最新奇的事物，前所未见、不可能实现的，在今天看来只是梦想，但是明天——老天，你没听见吗？一旦我真的上路，速度肯定比瞪羚、比受惊的鹿还快。所有行人都将降服，所有马车和马儿都得退让！不是一天前进二十里，而是每小时三十里、四十里！让开吧，时间。当心了，草原野兽！韦瑟比正全速向前滑行，什么都阻挡不了他！"

"是啊，"搜查员淡淡说着，"你在那上头呼风唤雨。可是，一旦松手，你如何只靠两只轮子保持平衡呢？"

"看我的！"韦瑟比说着双手一推，将金属框往上举起，让这具旅行者、动力机器、开路者，脱离它的平台，一瞬间穿过房间冲出门外，高夫博士在后面追赶，一边大喊："快停下！你会没命的！"

"不会，我心雀跃，我血澎湃！"韦瑟比叫着。此刻他在一座之前他沿着边缘铲出的大约六十尺长的鸡园里，拼命用脚踝、脚趾、脚跟和腿催促着那台金属机械骨碌碌前进，一边吸气一边狂笑，"看见没？我没跌倒！两条腿，两只轮子，快速前进！"

"老天！"高夫博士大叹，眼睛像半熟的鸡蛋般突出，"果然！怎么会？"

"我前进的速度大于下坠速度，物理定律。瞧，我几乎要飞起来了！再会了，被宣告死亡的马儿！"

"死亡"两字一出口，他即刻进入狂踩猛喘的亢奋状态，汗水汩汩冒出，随着一声大叫，他摇摆了一阵，像一颗人肉陨石般甩向半空，降落在一个鸡笼上，一群浑然不觉的鸡尖叫着四处飞散。韦瑟比歪向一侧，他那辆自动坐骑则继续转动并落在高夫博士身上，博士赶紧跳开，唯恐招惹了它。

韦瑟比被扶起时，还在为自己的失足辩护："别理那个！现在你明白了吧？"

"骨折、摔伤、头骨破裂，明白！"

"不，我指的是种属于未来的移动方式，骑着跑的。你大老远跑来，博士，你可愿意采用并推广我的机器？"

"这个嘛——"博士这会儿已经离开鸡舍，回到屋内，向大门走去。他满脸困惑，脑袋一片混沌。"唔——"他说。

"说愿意，博士。否则我的发明只好夭折，我也跟着完蛋。"

"可是……"博士打开大门，又退回屋内，惊叫着："我做了什么好事？"

韦瑟比看着博士背后，明白点出："所有人都知道你来访的事，博士，消息早就传开了。疯子拜访疯子。"

确实如此。只见路边和前院聚集了二十来个农夫和村民，有些拎着石头，有的握着木棍，眼里、嘴边全挂着恶意和赤裸裸的敌意。

"他们出来了！"有人大叫。

"你是来带他走的吧？"另一人喊着。

"说话！"躁动的人群吆喝着，往前移动。

高夫博士脑筋一转，回答："没错，我是来带他走的。"便转身进了屋子。

"带我去哪儿，博士？"韦瑟比抓着他的胳膊，悄声问道。

"等一下！"博士对着人群大喊，众人一阵耳语，"让我想想。"

他退后，摸着秃顶，抚着眉毛苦思对策。最后，高夫博士欣喜地大呼："有了。绝妙的办法，可以一了这些村民摆脱你的心愿，又可以让你逃离他们的纠缠。"

"什么方法，博士？"

"你趁着黑夜赶来伦敦，我会让你带着你那亵渎神明的邪恶发明从博物馆的侧门进入……"

"到哪里？"

"哪里？朋友，我已经找到你所说的那种未来的车道，光滑表面的道路了。"

"道路，车道，表面？"

"博物馆的地板，全是大理石，光滑，平坦，宽广。老天，正符合你的需求。"

"我的需求？"

"脑筋灵光点。想想，每个晚上，多少个晚上随你玩到高兴为止，你都可以骑着那辆恶魔车到处晃，经过林布兰、泰纳、安杰利柯的画廊，绕过希腊雕像和罗马胸像，记得避开瓷器和水晶展示品，总之像撒旦那样整夜狂欢直到天亮。"

"老天，"韦瑟比喃喃地说，"我怎么没想到？"

"要是你早想到了，一定不会羞于要求。"

"全世界只有那里拥有类似未来道路、明日车道的道路，没有碎石的大道，白净有如维纳斯的芳颊，光滑可比阿波罗的臀部！"

韦瑟比睁开眼皮，让多年来蛰居山顶所郁积的泪水流出。

"别哭了。"高夫博士说。

"我非哭不可，太高兴了，或者压抑太久。你是当真的？"

"朋友，握手为凭吧。"

两人握了手,一握再握,直到那位好博士的颊边终于也淌下一滴泪珠。

"我兴奋得快死掉了。"韦瑟比用手背抹着泪水。

"没有比这更好的死法了。就约明天晚上?"

"可是我带着机器一路去到你的博物馆,人家看了会怎么说呢?"

"要是有人看见了,就说你是吉普赛人,偷了一件古老的宝藏。好啦,以利亚·韦瑟比,我该走了。"

"下山小心。"

"我会的。"

出门没几步,高夫博士被一颗卵石绊上,差点跌跤。

一个农夫说:"你见到那疯子了?"

"见到了。"

"你会带他到精神病院去吧?"

"当然。精神病院。"高夫博士整理着衣领说,"狂人一个,没救了。你们再也不会见到他了。"

"很好。"他所经之处,人人都说。

"太完美了。"高夫说着转入石子路,一边聆听。

远远从山上传来的,可不是有人驾着双轮车在鸡舍里兜圈子、疯狂欢呼的声音?

高夫博士哼着鼻子。

"想想看,"他提高声音说,"再也用不上马儿,再也没有粪肥!想想看!"

然后,想着,偶尔被石头绊倒,他跌跌撞撞地走向伦敦和未来。

九年之约

刊于《美国之旅》(American Way)
1995 年 1 月

"好了,"希莉娅嚼着早餐吐司,端详着自己映在咖啡壶侧面的扭曲五官,"今天是第九年最后一个月的最后一天了。"

她的丈夫托马斯从《华尔街日报》筑起的墙后探头出来,没发现什么异状,于是低头继续看报。"什么?"

"我说,"希莉娅说,"九年已经结束,你有个新的妻子了。或者,说得更正确点,你的旧妻子没了。所以,我们已经不是夫妻了。"

托马斯把报纸放在一口都没吃的炒蛋旁边,歪着头思索半天,然后说:"不是夫妻?"

"没错,那已经是从前,另一个人,另一个我了。"她又拿起一片奶油吐司,没事似的嚼着。

"等等。"他猛灌下一口咖啡,"解释一下。"

"真是的,亲爱的托马斯,难道你忘了小时候还有后来在书上读过,每隔九年,我想应该是九年吧,我们的身体,就像一座基因染色体工厂,会将你整个人全部换新,包括手指甲、脾脏、从脚踝到手肘、肚子、臀部和耳垂,一点一点地——"

"快说重点,"他咕哝着说,"重点,老婆,说重点。"

"亲爱的汤姆,重点就是,"她吃完吐司,回答说,"吃完这顿早餐后,我已经重新替我的灵魂和心灵补足能量,而且完成我的整副肉体、血液、骨骼的更新。此刻坐在你对面的这个人已经不是当初和你结婚的那个女人——"

"我一向都是这么说的。"

"认真点。"

"你认真吗?"他说。

"听我说完。如果那项医学研究是真实的,那么,九年一结束,此刻坐在这儿和你开心共进早餐的这个生物,她的眼眉、睫毛、毛孔、酒窝或者皮肤毛囊,没有任何地方跟九年前的这个时间——也就是周六上午十一点钟——和你结婚的那个旧的希莉娅·汤普金斯有一丝关联。她们是完全不同的两个女人。一个是嫁给了一个看报时下巴像收款机那样突出的好男人。另一个,既然现在已经超过最后期限一分钟,她算是重生了。就这样。"

她迅速起身,准备溜走。

"等一下!"他又喝下一大口浓咖啡,"你要去哪里?"

正往门口走去的她说:"出门。也许就这么离开。谁知道呢?也许不回来了。"

"重生?鬼话。过来!坐下!"

她犹豫着。他则继续用驯兽师的声音说:"可恶,你非给我个交代不可。坐!"

她走过来,看着她的餐盘:"我似乎把能吃的都吃光了。"

他跳起来,跑向桌边去拿了些炒蛋,丢在她面前。

"拿去。边吃边说吧。"

她叉着炒蛋,"其实你知道我想说什么,对吧,汤哥?"

"可恶！我还以为你很快乐。"

"是很快乐，不过并不是快乐似神仙。"

"只有正在度蜜月的傻瓜才会这么说。"

"没错，当初我们也一样，不是吗？"她回想着。

"此一时，彼一时。还有呢？"

"我一整年都能感觉到身体在变化。躺在床上，我感觉皮肤刺痛，全身毛孔像千万张小嘴那样张开，汗水像水龙头流个不停，我的心脏狂跳，脉搏在奇怪的地方怦动，下巴、手腕、膝盖窝、脚踝。我感觉自己像一尊正在融化的巨大蜡像。过了午夜，我不敢打开卧房的灯，怕会在镜子里发现一张发狂的陌生脸孔。"

"好啦！好啦！"他在咖啡里丢进四颗糖，吸着溢到碟子里的残汁，"快说结论！"

"每一夜，后来变成每一天，我分分秒秒都可以感觉到，我仿佛身在暴风雨中，撞上闷热的八月骤雨，被它冲去旧的我，发现了新的我。每一滴血浆，每一颗红细胞和白细胞，每一株细微的神经末梢，都在重新充电、配线；新的骨髓，新的头发等我梳理，甚至有新的指纹。别那样看我。好吧，可能没有新的指纹，可是其他一切都是新的。明白了吗？我难道不是造物主刚刚雕塑、上色完成的一个全新创造物？"

他用锋利如刀的目光上下打量着她。

"我只听见一个怨妇在发牢骚。"他说，"我只看见一个面临中年危机的女人。你何不干脆点说出来？你想离婚吗？"

"不一定。"

"不一定？"他大叫。

"我只是……想离开。"

"你想到哪儿去？"

"总有地方可去。"她含糊地说，一边搅拌炒蛋，画出许多路线。

"你遇上别的男人了？"他终于说出口，两手紧握着咖啡容器。

"还没有。"

"老天垂怜。"他缓缓吁了一口气，"回房去吧。"

"什么？"她眨着眼睛。

"这个周末你不可以再出门了。回房间去。不准打电话。不准看电视。不准——"

她噌地站起，"真像我父亲在我念高中时对我说话的语气。"

"要命！"他轻声笑着说，"没错！立刻上楼去。不准吃午餐，女孩。晚餐时间我会把餐盘放在你房门下。等你听话了，我会把车钥匙还给你。好了，起步走！把电话线拔掉，CD唱片交出来。"

"太可恶了，"她尖叫，"我已经是个成年女人了。"

"越长越回去。没有进步，倒着长。要是那理论是真的，那你一点都没长进，只是回到九年前。快去！上楼！"

她脸色苍白地跑向楼梯，还一边擦着眼泪。

当她到了楼梯半途，他一脚踏在第一级阶梯上，拉掉围在衬衫外的餐巾，轻声呼唤："等一下……"

她停在原地，但没有回头看他，只是等着。

"希莉娅。"他迟疑着，然后也终于开始落泪。

"什么事？"她小声说。

"我爱你。"他说。

"我知道。"她说，"可是没有用的。"

"有，有用。听着。"

她在楼梯上等着。

他伸手揉着脸,像是试图揉出一些道理来。他的手有些慌乱,在嘴边、眼睛附近搜索着隐藏的什么。

然后他突然叫了声:"希莉娅!"

"我该回房去了。"她说。

"不要!"

"那要怎样?"

他的表情松缓下来,眼睛锁定了对策,一手停在往上延伸向她的背影的楼梯栏杆上。

"如果你说的那些是真的——"

"是真的,"她喃喃说着,"每个细胞,每个毛孔,每一根睫毛。九年一到——"

"是啊,是啊,我知道。听我说。"

他用力吞着口水,这让他有时间消化他正要说出来的对策,一开始说得有点心虚,接着从容了点,然后越来越笃定。

"如果你说的情况真的发生了——"

"真的。"她垂着头喃喃地说。

"好吧,那么,"他委婉应和着,接着又说,"那我也是一样的。"

"什么?"她微微抬头。

"这种事不会只发生在一个人身上,对吧?全世界所有人、每个人都会发生。如果这是事实,那么九年来我的身体必然也跟着你一起变化。每一个毛囊,每一片指甲,皮肤的所有真皮和表皮什么的。我不曾注意过。但必然是这样。"

她抬起头来了,背也不再松垮。他赶紧继续。

"如果这是事实,那么,我也是全新的了。那个旧的汤姆、托马斯、汤哥,已经随着过去的旧皮囊一起被抛在后头了。"

她睁大眼睛,注意听他往下说。

"所以,我们两个都是新人。你是那个我这一年来梦想着能够邂逅的美女,而我是那个你想出门去追寻的男人。你说这样好不好呢?"

她只犹豫了一下,然后几乎察觉不到地微微点了点头。

"感恩。"他轻声说着。

"那不是我的名字。"她说。

"现在是了。新的女人,新的身体,新的名字。这是我替你取的新名字。感恩(Mercy)。"

过了一会儿,她说:"那你叫什么?"

"我想想。"他咬着嘴唇,笑着说,"老实(Frank)如何?老实说,亲爱的,我很认真的。"

"老实。"她喃喃念着,"老实与感恩。感恩与老实。"

"不怎么好听,不过还可以。感恩?"

"什么事?"

"你愿意嫁给我吗?"

"什么?"

"我说,你愿意嫁给我吗?再过一小时。正午?"

她终于转身,用一张清新如出水芙蓉的脸孔俯瞰着他。

"我愿意。"她说。

"我们可以离开一阵子,重新当一次度蜜月的傻瓜。"

"不,"她说,"这里就很好了。这里棒极了。"

"那就下来吧。"他说着朝她伸出手,"在下一次重生前,我们还有九年的时间。下楼来,把你的新婚早餐吃完。感恩?"

她走下楼梯,握住他的手,笑了。

"香槟呢?"她说。

巴格

收录于本书
1996 年

现在回想起来，我记忆中的巴格（Bug）随时随地都在跳舞。巴格身材太矮了不适合跳吉特巴舞，然而那时候是 1930 年末，我们的中学岁月到了尾声，即将到外面的世界去找梦想中的工作，那几年吉特巴舞正风行。我记得那场我们高中生涯的最后一次礼堂集会，当爵士乐团演奏得正热烈时，巴格（他的本名是伯特·巴格利，念快点就变成巴格）突然跑出来，在礼堂前面通道上和一个隐形的舞伴跳起舞来。当时全场简直闹翻了，从来没听过那么惊人的欢呼和喝彩声。乐团指挥被巴格的忘我演出感动，奏了一首安可曲，巴格也继续跳舞，所有人都乐疯了。当乐团演奏《感谢美好回忆》[①]时，我们全部跟着唱，泪水滑下脸颊。这么多年过去，没人忘得了那情景：巴格在礼堂通道上跳舞，闭着眼睛，伸长两手搂着他那位隐形女友，两腿联结的不是他的身体而是他的心，舞遍全场。集会结束时，连乐队都舍不得离去。我们站在巴格创造出来的世界里，一点

[①] 电影《1938 年广播大会》中的歌曲，曾获第 11 届奥斯卡最佳歌曲奖。

都不想进入外头那个正等着我们的陌生世界。

大约一年后,巴格看见我走在路上,停下他的跑车,说走吧,到我家去吃热狗喝可乐。于是我跳上车,我们乘着他那辆敞篷车一路飞驰,风鞭打着我们的脸,巴格拉高嗓门说个不停,谈着生活、玩乐,还有他想让我看看他家前厅的某样东西——不只前厅,还有餐厅、厨房和卧房。

他想让我看什么呢?

奖杯。大的、小的,纯金、白银和黄铜制的,上面刻有他名字的奖杯。舞蹈奖杯。满屋子的奖杯,他床边的地板上,厨房水槽旁,浴室里,但是前厅摆放的奖杯尤其夸张,那阵仗简直像蝗虫大军。壁炉架上也挤满了,在书架上取代了书,还有地板上,你必须蹑手蹑脚地绕过去,还是免不了踢倒几个。总共,他仰着头闭上眼睛细数,大约有三百二十座奖杯,也就是说,一年来他几乎每天晚上都搬一座奖杯回家。

"这些,"我惊呼,"都是你高中毕业以后得的?"

"我是不是很厉害?"巴格说。

"你简直无人能比!那么多个晚上,你的伙伴是哪一位?"

"不是哪一位,是好多位。"巴格纠正我说,"三百个左右,三百个夜晚,每晚都和不一样的女人跳舞。"

"你到哪儿去找三百个女人,个个舞技高超,优秀得可以得奖?"

"她们的舞技并不高超,也并非每个都优秀。"巴格环顾着他的战利品,"其实她们只是酷爱跳舞而且跳得还不错的普通人。得奖的是我,是我让她们变成高手。每次我们出场,舞池便都空了。每个人都停下,看我们满场飞,而我们也总是跳个不停。"

他停下,脸红了,摇摇头说:"抱歉说了这么多。我不是故意夸耀。"

他确实并非夸耀。我看得出来。他只是陈述事实。

"你想不想知道这一切是怎么开始的?"巴格把热狗和可乐递给我。

"不必告诉我,"我说,"我知道。"

"你怎么知道的?"巴格望着我。

"洛杉矶高中最后一场礼堂集会,我记得他们演奏了《感谢美好回忆》,可是在那之前——"

"《啤酒桶波卡》(Roll Out the Barrel)——"

"啤酒桶,没错,当时你在所有人面前蹦蹦跳跳的。"

"我总是跳个不停,"巴格说着,闭上眼睛回想当年,"总也,"他说,"不停。"

"你的人生早就计划好了。"我说。

"除非,"巴格说,"有意外发生。"

当然,所谓意外,指的应该就是战争吧。

回想当时,我记得在我们高中的最后一年,傻愣愣的我列了张一百六十五个我最要好的朋友的名单。想想看,我的知己,竟有一百六十五个!还好我从来没把这名单公布,否则不被众人轰出校园才怪。

总之,战争来了又去,带走了我名单内的几十个朋友,其他人不是入土安息或者去了东方,就是窝在马里布或者罗德岱堡。巴格也在名单上,但是当时我没想到一直到过了半辈子后,我才总算有点了解他。这时我只有五六个需要时可以找他们的男女好友,而也就是这阵子的某个周六下午,我走过好莱坞大道,我听见有人叫我:"一起去吃热狗、喝杯可乐吧?"

巴格，我毫不犹豫地想。果然是他，两脚稳稳踏在星光大道上，后面是玛丽·璧克馥[①]和里卡多·柯兹[②]的脚印，詹姆斯·史都华[③]的就在前方。巴格将头发剪短了，也稍微胖了点，但仍是巴格。我兴奋极了，也许过度兴奋了点，而且全写在脸上，因为我的热情似乎让他有些尴尬。接着我发现他身上的套装相当旧了，衬衫也有磨损痕迹，不过领带倒是打得很整齐。他挣脱我的手，两人到一家小餐馆站着吃热狗、喝可乐。

"还在立志当全世界最伟大的作家？"巴格说。

"正在努力。"我说。

"你会成功的。"巴格说着微微一笑，满脸诚恳，"你一向优秀。"

"你也是。"我说。

这话似乎刺痛了他，因为他突然停止咀嚼，灌下一大口可乐。"是啊，"他说，"我很优秀。"

"老天，"我说，"我还记得那天第一次看见你那些奖杯，真是壮观！到底——"

我话没说完，他已经给了答案。

"有些寄放在仓库里了，有些放在我前妻那里，其他的都送给慈善二手商店了。"

"真遗憾。"我说，这是真心话。

巴格定定地看着我。"为什么你会遗憾呢？"

"唉，我也不知道。"我说，"只是，那些东西似乎是你的一

[①] Mary Pickford，美国默片时代著名女演员与制片。
[②] Ricardo Cortez，自默片时代起家的偶像演员，进入有声电影时代后声势不辍，其演员生涯作品超过百部。
[③] James Stewart，好莱坞著名演员，其代表作品包括《费城故事》《风云人物》《后窗》等。

部分。老实说，这些年来我并不常想起你，可是当我偶尔想起，脑中总是浮现你被那些奖杯奖座团团包围的画面，你家的前厅、厨房里，连车库里都有。"

"真要命。"巴格说，"你的回忆可真特别。"

我们喝完可乐，也到了该离开的时候了。见到巴格这几年胖了不少，我忍不住要问："你多久——"我开口，又停住。

"什么多久？"巴格说。

"你有多久，"我好不容易说出口，"没跳舞了？"

"好多年了。"巴格说。

"到底有多久？"

"十年、十五年，也许二十年。没错，二十年。我早就不再跳舞了。"

"我不相信。巴格放弃跳舞？不可能。"

"真的。我那些时髦的舞鞋也一并送给慈善机构了。总不能只穿袜子跳舞。"

"当然可以，光着脚也能跳！"

这话惹得巴格大笑。"你这人真有意思。好啦，很高兴遇见你。"他说着往门口走去，"保重了，大作家——"

"先别说再见。"我和他一起出了餐馆。他左右张望，好像车流十分拥挤似的。"你可知道有件事我一直不清楚但很想知道？你曾经夸耀，说你带着三百个普通女人进舞池，然后在三分钟内把她们变成舞后。可是我只在1938年的礼堂集会里看你跳过那么一次，所以我无法相信你。"

"为什么？"巴格说，"你亲眼看见那些奖杯的。"

"那说不定是你捏造的。"我紧追不舍，盯着他发皱的套装和磨损的衬衫领口，"任何人都可以到制作奖杯的店里去买一尊奖杯,然后刻上自己的名字。"

"你以为我会这么做?"巴格大叫。

"没错,我是这么认为。"

巴格望着街道,回头看我,然后又看着街道,再回头看我,似乎在犹豫该跑开或展开攻击还是大叫。

"你是怎么了?"巴格说,"为什么突然说这样的话?"

"我也不知道。"我坦承,"只是,我们说不定再也见不到面了,我永远没机会看见,你也永远没有机会证明。这么多年了,我真的很想看看你所说的究竟是怎么回事。我真的很想亲眼看你跳舞。"

"不行,"巴格说,"我已经忘了怎么跳了。"

"别敷衍我。也许你忘了,可是你的身体一定还记得。我敢说你今天下午就可以到大使饭店去,那儿还有茶舞时间,你一定可以像从前那样惊动整座舞池。你一出场,所有人都退让,全部停下来欣赏你和你的她跳舞,就像三十年前一样。"

"不,"巴格说着一边后退但又绕回来,"不行就是不行。"

"从跳舞的人群里挑个女孩,随便哪个女孩或女人,牵着她出场,挽着她,然后像踏在冰上那样带着她轻轻滑行,带她飞上天。"

"如果你写的小说也像这样,肯定卖不出去。"巴格说。

"我打赌你一定可以,巴格。"

"我从来不打赌。"

"好吧。打赌你一定办不到。打赌你已经没搞头了。"

"等一下。"巴格说。

"我是说真的。你已经江郎才尽了。跟你打赌,你敢吗?"

巴格眼里闪现一道微妙的光芒,涨红了脸。"赌多少?"

"五十块钱。"

"我没有——"

"那三十好了。二十块!你输不起的,对吧?"

"可恶,谁说我会输来着?"

"我说的。二十块。说定了?"

"你这是在撒钱。"

"才不,我赢定了,因为你的舞技根本不值一提。"

"你的钱呢?"巴格大叫,恼火起来。

"在这儿。"

"你的车呢?"

"我没车。我一直没学会开车。你的呢?"

"卖了。老天,没车,我们怎么去参加茶舞?"

结果我们去了。我们拦了辆出租车,我付了钱,然后在巴格反悔前拖着他走过饭店大厅,进了舞厅。那是个晴朗的夏日午后,舞场中挤满了人,大部分是中年夫妻,几个年轻人带着女友,还有一群刚离开学校的大孩子,看来相当不自在,对场内播放的属于另一个年代的老歌有些不知所措。我们坐到最后方的桌位,巴格正想开口作最后抵抗,我赶紧抓了根吸管放在玛格丽特鸡尾酒里,要他慢慢享用。

"你为什么要这么做?"他不满地说。

"因为你的名字也在我那份一百六十五个好友的名单里。"我说。

"我们根本一点都不熟。"巴格说。

"现在熟了。啊,《月光小夜曲》,我好喜欢这曲子,可惜我太笨拙了不会跳舞。去吧,巴格。"

他站了起来,脚步有些不稳。

"你找谁当舞伴?"我说,"邀别人的女伴?从那边那几个壁花小姐或者那一桌子女人当中挑一个?你大概会找看起来最不会跳舞的,然后好好带会她,对吧?"

这话果然奏效。他给了我极其不屑的一眼,然后转身朝着那群穿着漂亮午茶礼服的人们走去,一边搜寻着。不久他的目光落在一个看不出年龄的坐着的女人身上,她双手交叠,脸庞纤小而且异常苍白,半隐在一顶宽边帽后头,那样子像是正在等某个永远不会来的人。

就是她,我心想。

巴格看向我这边。我点了点头。不一会儿他已经去到她桌前,两人开始对谈。看样子她似乎不跳舞,不懂如何跳舞,也不想跳舞。没问题的,他似乎是在说。真的不要,她似乎回答。巴格转身,握着她的手然后远远朝我使了个眼色。然后,他看也没看她,扶着她的手和臂膀助她起身,大步滑向舞池。

该怎么说,该怎么形容?多年前巴格就不是个会吹嘘的人,他说的都是事实。一旦他挽住一个女孩,她就突然变得无比轻盈。当他踏着快步、转身回旋并带她绕着舞池滑行时,她几乎飞了起来,他似乎得抓住她才行。她轻如薄纱,几乎像是握在手中的一只蜂鸟,你感觉不到它的一丝重量,只有怦怦的心跳声从指尖传来。她就这么飞旋出去又绕回来,而巴格引领着她,忽前忽后地轻移脚步,不再是五十岁的男人,对,而是十八岁,他的身体仍然记得他的脑袋以为早已遗忘的事,因为这会儿他的身体同样也摆脱了地心引力。他像带着她那样带着自己,脸上是漫不经心的表情,就像恋人知道接下来的时刻和即将到来的夜晚将会发生什么事的神情。

接着,他所说的情况发生了。过了一分钟,最多一分半钟,舞池空了出来。当巴格和他的陌生女郎回旋着掠过，舞池里的每一对男女都停下舞步。乐队指挥差点忘了节奏，而同样入迷的乐手们则从他们的乐器后方探出头来，看巴格和他的新爱侣脚不着地地旋转再旋转。

《月光小夜曲》结束时，全场一片寂静，接着爆发震耳的掌声。巴格假装那些喝彩全是冲着他的女伴而来，牵着她行了屈膝礼然后带她回到她的桌位。她坐下之后，两眼紧闭，对这一切感到不可思议。这时巴格已回到舞池内，带着他从附近桌位邀来的其中一位人妻。这次根本没人进入舞池。巴格和他借来的人妻满场飞舞，而这次连巴格都闭上了眼。

我起身，放了二十块在桌上，他应该会发现吧。毕竟，他赢了赌注，不是吗？

我为什么这么做？因为，我总不能就这么让他留在高中礼堂走道上，孤零零地跳舞，对吧？

我走出舞场时，回头看了几眼。巴格看见我，挥了挥手，和我一样眼里满含着泪水。有人经过，悄声说："喂，快来看这家伙！"

老天，我心想，他又要整晚狂舞了。

我呢，我只能走路。

我出了饭店，一直走，直到我又恢复成五十岁的小老头，太阳已经落下，浓重的六月雾提早笼罩了洛杉矶。

那晚睡觉前，我只希望到了早上巴格醒来时，会发现他床铺周围的地板上堆满了奖杯。

或者，至少他转身时会发现一个安静又善解人意的"奖品"，她的头靠在他的枕头上，伸手可及。

再来一首圆滑曲

刊于《欧姆尼》(issue of Omni)
1995年秋

秋意正浓的时节,凡崔斯坐在花园的凉椅上,聆听着。他手中的饮料一口都没喝,他的友人布莱克被冷落着。他对一旁的漂亮房子也视而不见,连天气都被忽略,因为有阵阵清脆的声音从他们头顶的空中潺潺流下。

"老天,"他说,"你听见了吗?"

"什么,鸟叫?"他的朋友布莱克说。正好和他相反,布莱克啜着饮料,留心天气变化,欣赏着那栋豪华的房子,对于鸟鸣则是充耳不闻,直到这一刻为止。

"拜托你,仔细听!"凡崔斯大叫。

布莱克听着:"相当好听。"

"把你的耳朵清干净!"

布莱克做了个兴趣缺乏的手势,表示他的耳朵已经挖干净了。"怎么了?"

"真是的,少装傻。我是说认真地听!它们正在唱曲子。"

"鸟通常都是这样。"

"不对,鸟不会这样。也许它们会连续唱出琐碎的音节,五或六个音符，最多八个。反舌鸟能够唱不同的曲目，但并不是很完整。这些鸟不一样。闭嘴，仔细听好。"

两人入迷地坐着。布莱克的表情软化了。

"我的天，"他说，"它们真的唱个不停呢。"他倾身专注地听着。

"没错……"凡崔斯喃喃说着，闭上眼睛，对着从他们头顶树梢有如清新春雨般飘洒下来的旋律轻轻点着头。"……太妙了……真的是。"

布莱克站起来，似乎想到树底下去往上看。凡崔斯赶紧吹口哨阻止他。

"别坏事。坐下，别乱动。我的铅笔呢？啊……"

他左右环顾着，找到了铅笔和便条纸，然后闭上眼睛，开始在纸上涂鸦。

鸟群哼唱着。

"你该不会真的想把它们唱的歌写下来吧？"布莱克说。

"看不出来吗？安静。"

凡崔斯一下睁开眼睛，一下闭上，画了许多谱线，然后填上音符。

"我不知道你懂乐谱。"布莱克讶异地说。

"我会拉小提琴，后来琴被我父亲摔坏了。拜托！有了，有了。好极了。

"慢一点，"他轻声说，"等我。"

仿佛听见他说的话，那些鸟调整着旋律，从乱弹转成了慢板。

微风有如隐形的指挥搅动着树叶，歌声停了。

凡崔斯额头结满汗珠，停了笔，瘫在椅背上。

"要命,"布莱克猛吞着饮料,"到底是怎么一回事?"

"写了首歌。"凡崔斯看着那些他涂在纸上的音阶,"或者交响诗。"

"让我瞧瞧。"

"等一下。"树梢轻轻摆动,但没有歌声传出,"我得先确定一下是否完整。"

一阵沉寂。

布莱克一把抓过纸张,浏览着那些音阶。"我的老天,"他惊呼道,"真的呢。"他抬头望着那片不再有鸟鸣、没有一丝微风的浓绿枝丫。"那是什么鸟?"

"永恒之鸟,一种纯洁无瑕的音乐概念的小代表。某种力量创造了它们,让它们繁衍不息,而它的名字叫歌——"

"鬼扯!"

"是吗?在空气中,在它们黎明时吃的种子里头,存在着某种东西,某种关于气候和天气的奇想。现在它们是我的了,它是我的了。一首美妙的曲子。"

"的确,"布莱克说,"但这不可能。"

"奇迹发生时千万别怀疑。哎,说不定那些神奇的小生物已经连着好几个月、好几年不断抛出绝妙的曲子,但从来没人聆听。今天,头一回有人听见了。我!现在可好了,该拿这天赐的礼物怎么办呢?"

"你该不会真的考虑——"

"我失业已经一年了。我辞掉计算机工作,提早退休,我今年才四十九岁,这阵子已经开始威胁朋友要织些花边蕾丝送他们当壁饰。该怎么选择,朋友?花边蕾丝或莫扎特?"

"你是莫扎特?"

"他的私生子。"

"胡说。"布莱克仰起脸像支喇叭枪那样对着树丛,一副想轰掉那支唱诗班的样子。"那些树,那些鸟,就像是罗夏墨迹测验。你的潜意识从混乱的鸟鸣声中筛选了某些音符。其实没有明白的曲调,也没有特殊的旋律。连我都差点被你唬住了,可是现在我看得非常清楚:你一直压抑着一股从小就有的作曲欲望。刚才你让一群无知的鸟儿给蒙住了耳朵。把铅笔放下吧!"

"你才是满口妄语。"凡崔斯大笑,"你只是嫉妒罢了,当了十二年闲人,这会儿吃惊地发现我竟然找到了差事。我打算继续下去。聆听、写曲,写曲、聆听。快坐下,你会惊扰到它们的。"

"我坐。"布莱克大叫,"可是——"他说着用双手捂住耳朵。

"好吧。"凡崔斯说,"你尽管逃避美丽的现实,我得修改几个音符,把这首意外的作品完成。"

他仰望着树梢,轻声说:"等等我。"

树叶窸窣响了一阵,归于无声。

"疯了。"布莱克咕哝着。

三小时过后,布莱克悄悄走进图书室,大声喊出:"你这是在做什么?"

伏在桌前振笔疾书的凡崔斯说:"完成我的交响曲。"

"你在院子里想写的那首?"

"不,是鸟儿们想的,那群鸟儿。"

"好吧,鸟的曲子。"布莱克挨近书桌,端详着他的潦草字迹,"你怎么知道该怎么做?"

"它们已经完成大半,我只是添加了变奏部分。"

"你这种傲慢态度可是会遭到鸟类学者的反感甚至抨击的。你以前作过曲？"

"没有。"凡崔斯的手指漫游、打圈圈然后抓痒,"今天是第一次。"

"你应该知道,你这是在剽窃那些唱歌的鸟儿吧？"

"借用,布莱克,是借用。既然一个在清晨唱歌的挤奶女工愿意让柏辽兹①借用她的歌声,还有德弗札克,他在美国南方听见有个人用斑鸠琴弹奏《回家》,就偷了那人的琴,为他所做的交响曲《新世界》增色,那我为什么不能撒张网捕捉灵感？好啦！Finito（结束）！替我想个曲名吧,布莱克！"

"我？《是谁唱歌走音》？"

"《国王与夜莺》如何？"

"斯特拉温斯基。"

"《鸟》？"

"希区柯克。"

"可恶。那这个：《只是有着镀金鸟儿外表的约翰·凯奇②》？"

"非常好。只是恐怕没人知道约翰·凯奇是谁。"

"好吧,我想到了！"

他写下："《四十七只喜鹊烤成派》。"

"你是指乌鸦。那还是用约翰·凯奇吧。"

"胡扯。"凡崔斯按着电话键,"喂,威利吗？你能不能过来一下？对,一点小事。帮一个朋友,或一群朋友,安排交响曲演奏。你的乐团费用通常是多少？呃？很合理。今天晚上。"

凡崔斯挂了电话,回头望着那棵奇妙的树木。

---

① Hector Louis Beelioz,法国作曲家,法国浪漫乐派的主要代表人物。
② John Cage,美国现代派作曲家。

"下一步呢？"他自语着。

一个月后，这首交响曲以浓缩的曲名《四十七只喜鹊》由格兰岱尔室内交响乐团进行首演，得到全场起立喝彩和极佳的乐评。

喜出望外的凡崔斯决定继续推出大、小交响曲和歌剧曲等他的耳朵接收到的任何曲子。他连着几星期每天聆听着奇特的鸟鸣，但什么都没记下来，只巴望着"喜鹊"经验能够重演。当如雷掌声响起，那些乐评兴奋地蹦跳而没有溜走，他知道自己必须趁着热潮再度出击。接着他又推出《翅》《翱翔》《夜之合唱曲》《雏鸟小曲》和《黎明巡逻队》，每首曲子都获得热烈回响，优异表现让乐评人们气愤却又不得不大加赞扬。

"如今，"凡崔斯说，"我应该已是众人的眼中钉了吧，可是那些鸟儿告诫我要谦逊。"

"你啊——"布莱克坐在树下，等待着神赐的天籁从天而降，"最好闭嘴。万一那些淘气又天真的小作曲家逮到你的秘密，你这个偷猎者就完了。"

"偷猎者！老天，没错。"凡崔斯大笑，"偷猎者。"

话说完没多久，第一个偷猎者就来了。

凌晨三点，凡崔斯望着窗外，发现有个矮小的身影蠕动着，手上稳稳握着录音机，在树下啾啾叫着，轻声吹着口哨。当这方法没奏效，那个身影模糊的偷猎者开始学鸽子咕咕叫，接着又模仿金莺和公鸡，还绕着圈子手舞足蹈。

"可恶的家伙！"凡崔斯带着猎枪冲出去，一边大叫，"是沃尔夫冈[①]想偷猎我的花园吗？走开，沃尔夫冈！滚出去！"

[①] 莫扎特全名 Wolfgang Amadeus Mozart。

普劳蒂丢下录音机，跃过树丛，被棘刺扎得满身，消失了踪影。

凡崔斯一边咒骂，一边捡起一本被抛下的便条纸。

"夜之歌。"上头写着。录音机里有首迷人的萨蒂[①]风格的鸟的合唱曲。

在这之后，更多偷猎者在午夜到来，黎明时离开。凡崔斯明白，他们的作品将会迅速扼杀他的创意，让他再也没戏唱。后来他不分昼夜地在花园里虚晃，不知道该拿什么种子喂那群娇客，只好拼命给草坪洒水养蚯蚓。无数个不眠之夜，他疲倦地在那儿站岗，打盹间发现沃尔夫冈的邪恶爪牙骑在围墙上，试图汲取咏叹调的灵感。终于有一晚，他们爬到了树上，哼着歌想引诱鸟儿鸣唱。

猎枪提供了解决之道。在这头一次的混乱局面之后，花园宁静了一星期。意思是说，直到——

有人趁着深夜潜入，犯下了罪行。

那人无声无息地切断树的细枝，锯掉了主枝。

"啊，那群眼红的作曲者，可怕的凶手！"凡崔斯大吼。

鸟儿从此不见了踪影。

莫扎特二世的事业也宣告终结。

"布莱克！"凡崔斯大叫。

"什么事，亲爱的朋友？"布莱克仰望着那一度翠绿的苍凉天空。

"你的车子就在外面吧？"

"应该是。"

[①] Erik Satie，法国作曲家。

"开车吧。"

但开着车四处寻找根本不是办法。这可不像寻找走失的狗或爬上电线杆的猫。他们必须捕捉像一支摩门教会合唱团那么多的懂得唱《万花嬉春》而且爱吃鸟饵的妙嗓子鸟儿,才能证明手中的一只胜过树丛里的两只。

可是他们仍然开着车寻找,飞速经过一条条街道,一座座花园,埋伏着,聆听着。他们的心飞驰着,回响着金莺啼唱的《哈利路亚》,最后却坠入麻雀色的绝望薄暮之中。

正当他们在漫无尽头的柏油马路和树丛迷宫间来回穿梭,他们当中的一个人(布莱克)点燃了烟斗,提出一个理论。

"你可曾想过,"他在一团烟雾后面沉思着,"现在是什么季节?"

"季节?"凡崔斯恼火地说。

"巧合得很,那棵树倒下而那群小作曲家飞走的那天,不正是今年秋季的头一天?"

凡崔斯捏紧拳头,敲了下额头。"你是说……"

"你那群朋友飞越栖息地了。这时候它们应该已经迁徙到圣米格尔阿连德的上空了吧。"

"如果它们是候鸟的话。"

"你怀疑?"

又一阵痛苦的沉默,脑袋再次受到冲击。

"糟了。"

"正是。"布莱克说。

"朋友。"凡崔斯说。

"怎么?"

"开车回家吧。"

那是漫长的一年，那是短暂的一年，那是充满期待的一年，那是期待迅速破灭的一年，那是灵感苏醒的一年，然而在内心深处他很清楚，那只是《双城记》的翻版，可是他却不知道另一个城市在哪里。

我多蠢啊，他想着，竟然没猜到或想到我那群小作曲家是迁徙客，每年秋天往南飞，到了春天又以一支清唱合唱团的姿态飞往北方。

"等待真磨人，"他对布莱克说，"电话又响个不停。"

说着电话又响了。他拿起话筒，像小孩子般地对答。"是啊，是啊。当然。快完成了。具体什么时候？快了。"然后挂上电话。"看见没？费城打来的。他们要一首清唱剧，像第一首那么好的。今天一大早是波士顿。昨天是维也纳爱乐。快了，我说。什么时候？天晓得。我快疯了。那些曾经让我灵感泉涌的天使到哪儿去了？"

他摊开一堆墨西哥、秘鲁、危地马拉和阿根廷的地图和天气图表。

"多远的南方？我是否该到布宜诺斯艾利斯或里约、马萨特兰或库埃纳瓦卡去找？然后呢？拉长了耳朵到处晃荡，傻傻地站在树下等鸟粪落在头上？阿根廷的乐评会不会嘲弄我的经过，看见我倚着树干，两眼紧闭，在那儿等着熟悉的旋律、失去的合唱曲？我不能把我的行程和搜索行动透露给任何人，否则一定会招来嘲笑。问题是我到底该往哪个城市去，该在什么样的树下守候？像我花园里的那棵？它们是否会找同一种栖木？或者厄瓜多尔和秘鲁的任何树木都可能？老天，说不定我浪费了好几个月猜测,最后落得头发里藏着鸟饲料、领子上沾满鸟粪地败兴归来。我该怎么办,布莱克?说话啊。"

"只有一件事,"布莱克给烟斗填上烟草然后点燃,在烟雾中吐出他的想法,"你可以把残余的树干清除,种一棵新的树。"

他们一圈圈绕着树桩,还不时踢它一脚,寻找着灵感。凡崔斯一脚停在半空。"再说一次。"

"我说——"

"老天,你真是天才!让我亲一下!"

"不必。抱一下倒是可以。"

凡崔斯热烈拥抱他。"我的好友。"

"永远都是。"

"咱们去拿铁锹和铲子吧。"

"你去拿。我看你挖。"

不一会儿凡崔斯带着铲子和鹤嘴锄跑回来。"你真的不帮我?"

布莱克吸着烟斗,吐出烟雾。"等会儿。"

"买棵现成的大树要多少钱?"

"很贵。"

"可是如果鸟儿就爱这里而且真的回来了?"

布莱克继续吐着烟雾。"那或许就值得了。作品第二号:《开端》,查尔斯·凡崔斯作曲,诸如此类的。"

"《开端》,或者《归来》。"

"也可以。"

"或者,"凡崔斯用鹤嘴锄敲着树桩。"《重生》。"他再敲。"《快乐颂》。"又敲。"《春收》。"又一锄。"《颂扬天籁》。这个如何,布莱克?"

"前几个比较好。"布莱克说。

残桩拔除了，新树也买了。

"别拿账单给我看。"凡崔斯对他的会计师说，"付钱就是了。"

于是，他们所能找到和被挖除、死掉的那棵树同种的树当中最高大的一棵，种好了。

"万一它在我的合唱团回来以前就死了呢？"凡崔斯说。

"万一它活了下来，"布莱克说，"而你的合唱团却飞到了别处？"

看来这棵刚种下的树暂时没有夭折的迹象。但也并不特别生气蓬勃，看不出马上会有来自遥远南方的小歌唱家飞来栖息的样子。

而且，和那棵树一样，天空也空荡荡的。

"它们不知道我在苦等？"凡崔斯说。

"除非，"布莱克说，"你修过洲际心电感应术。"

"我向环保协会求证过了。他们说燕子的确会在每年特定的某一天回到圣胡安卡皮斯特拉诺①，不过其他种类的候鸟有时会迟个一两周，也许是善意的谎言吧。"

"如果我是你，"布莱克说，"我会疯狂地谈场恋爱，来让自己转移注意力。"

"我刚刚才谈完一场恋爱。"

"好吧，"布莱克说，"那只好忍耐了。"

一小时比一分钟更难熬，一天比一小时更难熬，一周又比

---

① San Juan Capistrano，美国南加州城镇，每年春天的3月19日都有燕群由阿根廷飞越七千里前来此地，秋末又成群飞回阿根廷。

一天更难熬。最后布莱克问。"没有鸟?"

"没有鸟。"

"真遗憾。我实在不忍心见到你日渐消瘦。"布莱克淡淡地说。

那天晚上,凡崔斯差点把电话从墙上扯掉,他害怕又是波士顿交响乐团来的电话。他拿着斧头靠在那棵新树的树干上,对着它和空旷的天空喊话。

"最后机会。"他说,"要是到了早上七点,那支清晨巡逻队还不现身,我就放弃。"他将斧头刀锋往树干上一丢,猛灌下两口伏特加,呛得流出泪来,然后回房睡觉。

夜里他两度醒来,没发现任何动静,只有窗外微风轻拂,翻动着树叶,连声鸟叫都没有。

清晨,他泪盈盈地醒来。在梦里,鸟群回来了,可是他一醒来便知道,那不过是梦。

然而……

Hark(听)!就像古小说里常出现的。或者List(倾听)!就像旧戏剧里头那样。

他闭上眼睛,微调着耳朵……

他起床,发现外面那棵树似乎变胖了,仿佛一夜间被堆上许多无形的沙袋。树梢轻轻搅动着,不是因为微风或强风,而是隐在树叶间的什么,正带着节奏在其中来回编织着。他不敢看,只是躺回床上,努力地聆听,想找出答案。

窗外传来啾一声。

他等着。

沉默。

继续吧,他想。

又一声。

别呼吸，他想，别让它们发现你在偷听。

寂静。

第四声，接着第五个音符，接着第六个、第七个。

老天，这会不会是另一支合唱团，想要吓跑我那群亲爱小作曲家的窃占者？

又一串五连音。

也许，他祈求着，它们只是在调音？

又一段十二个音符的连奏，没有特定的旋律或节奏。当他正要像个疯狂的指挥家那样爆发开来，烧了那棵树——

发生了。

一个音符接着一个音符，一个音阶接着一个音阶，流畅的旋律紧接着春天般的清新旋律，一整支合唱团在树梢迸发音乐的繁花，雀跃宣告着它们的归来和欢迎之意。

它们哼唱时，凡崔斯悄悄伸手，抓了纸笔藏在被子里，免得窸窣的书写声惊扰了它愈来愈悠扬嘹亮、点亮整片天空、从树梢涌来令他心生喜悦而开始动手记录的和声。

电话响了。他迅速拿起话筒，听见布莱克问他是否已经停止等待。他没吭声，只把话筒对着窗口。

"有鬼。"布莱克在电话那头说。

"不，有福了。"作曲者低声说，迅速写下清唱剧第二号。他大笑，对着天空轻声呼喊。

"拜托，慢一点。圆滑点（legato），别激动（agitato）。"

那棵树和枝丫间的小生物遵从了。

激烈快板停止。

圆滑的连音扬起。

交会

收录于本书
1996 年

    档案里有太多借书卡，书架上有太多书，儿童室里有太多小孩的笑声，太多报纸等着折叠整齐然后堆上储存架……
    总之，太多杂务。亚当斯小姐将灰发往斑驳的眉毛上一拢，调整一下金框夹鼻眼镜，拿起图书馆柜台上的小银铃摇了摇，同时把所有灯关掉又打开。每一次图书馆关门都非常累人。助理英格罕小姐今天提早下班，因为她父亲生病了，因此盖戳印、归档和检查书架的工作重担全都落在亚当斯小姐肩上。
    总算盖完所有书本的戳印，最后一个小孩也溜出了黄铜大门。将门上了锁，疲惫至极的亚当斯小姐穿过一片寂静回到楼上，经过一排排由她管理了四十年的书架，在大阅读桌前站了好一阵子。她把眼镜放在绿色记事簿上，用拇指和食指捏着她骨骼小巧的鼻梁，按住不动，两眼紧闭。
    吵死了。那些在书上用手指涂鸦或者画卡通插画，或者穿着溜冰鞋嘎嘎地滑来滑去的孩子。还有那些高中生，进来时大声笑闹，离开时也毫不在意地唱着歌。
    她拿起橡皮印章，开始检查档案，挑出里头的错误，手指在但丁和达尔文之间游动。不久,她听见有人叩响大门玻璃,看见外头有个男人的身影想进来。她摇摇头。那人在外面手舞足蹈,无声恳求着。

亚当斯小姐叹了口气,打开大门,看见一个穿着制服的年轻人,于是对他说:"很晚了。图书馆关门了。"她瞟了一下他的识别证,"上尉。"

"等一下,"这位上尉说,"还记得我吗?"

见她有些犹豫,他又重复说了一遍。

"记得你?"她打量着他的脸,寻找着蛛丝马迹。"有了,我想起来了。"她终于说,"你曾经到这儿来借书。"

"是的。"

"好多年前了,"她又说,"我慢慢想起来了。"

当他站在那儿等待,她努力回想他几年前的模样,可是他的年少脸庞并未浮现,也想不起名字。

这时他走上前和她握手。

"我可以进去吗?"

"这个——"她犹豫着,"好吧。"

她领着他上楼,走入沉浸在薄暮中的书堆。这位年轻军官左右环顾了一阵,徐徐吐出一口气,伸手拿下一本书,凑在鼻子前,嗅了嗅,差点大笑。

"抱歉,亚当斯小姐。你可曾闻过新书的味道?装订,纸张,印刷。就像肚子饿时闻到的新鲜面包香味。"他环顾着周遭,"现在我很饿,却不知道自己想要什么。"

气氛有点尴尬,因此她问他打算待多久。

"只待几小时。我正准备从纽约搭火车到洛杉矶,顺便从芝加哥过来,看看老地方、老朋友。"他的眼神显得相当苦恼,双手扭着他的制服帽,用纤长的手指转动着。

她轻声说:"有什么问题吗?需要我帮忙吗?"

他望着窗外黑暗的城镇,对街只有寥寥几扇窗口亮着灯。

"我很意外。"他说。

"关于什么?"

"我也不知道自己在期待什么。真的很蠢,"他看看她,再看着对街的窗口,"竟然巴望着当我离开时,每个人都冻结在原地,等着我回来。等我下了火车,我的所有老友全都解冻,跑到车站来和我会面。真傻。"

"不。"她说,觉得自在多了,"我们都曾经这么幻想。我年轻时曾经去巴黎玩,四十岁那年又回到法国,气愤地发现没人在等我,许多建筑物消失了,我曾经住过的饭店的所有员工也都过世、退休或旅行去了。"

他听了点点头,却不知该说什么。

"有人知道你会来吗?"她问。

"我给几个人写了信,可是没回音。我猜他们大概很忙,但总会在家。可是并没有。"

"我在。"她说。她不自觉冲口而出,连自己都暗暗吓了一跳。

"你在。"他笑了笑说,"你不知道我有多高兴。"

他目光灼灼地注视着她,让她不得不别开眼睛。"你知道吗,"她说,"我得承认你看来有点眼熟,不过我无法将你的脸和那个多年前来过这儿的小鬼——"

"都二十年了!至于他,另一个我的长相——"

他掏出一只装着十来张照片的小皮夹,将一张年约十二岁、有着淘气笑脸和一头狂乱金发、眼看就要从相纸上跳出来的小男孩照片递给她。

"噢,对了。"亚当斯小姐推了一下夹鼻眼镜,闭上眼睛回想。"原来是他。斯波尔丁。威廉·亨利·斯波尔丁。"

他点点头,急切看着她手中的照片。"当时的我很调皮吧?"

"没错。"她点头,将照片凑近些,然后抬头看他。"小恶魔一个。"她把照片还给他。

"不过我很爱你。"她说。

"是吗?"他笑开了些,"那你现在还爱我吗?"

她左看右看,好像答案就在那些黑暗的书架当中。

"现在说这个还太早,不是吗?"

"抱歉。"

"不,这问题很好,不过需要一点时间。咱们别像你那些冻结的朋友那样站着不动。来吧,我刚才喝了点夜间咖啡,或许还有剩一些。把帽子给我,外套脱掉。图书索引在那里。去找你以前的借书卡吧——"

"我的借书卡还在?"他惊讶地说。

"图书馆员从来不丢东西。说不定哪天又有谁搭着火车跑来呢。去吧。"

她端着咖啡回来时,看见他站在那儿,像只鸟凝视着半空鸟巢般地低头看着索引档案。

他把一张印有紫色戳章的旧卡片递给她。

"老天,"他说,"我借了不少书呢。"

"一次十本。我说不行,但你还是拿走。而且,"她又说,"还全部看完了!拿去。"她将他的咖啡杯搁在档案柜上,看着他抽出一张又一张失效的卡片并轻声大笑起来。

"真不敢相信。我一定是一天到晚窝在这里吧。我可以把这个带走吗,当作纪念?"他举起那些卡片问道。她点点头。"你能不能带我四处看看?我是说,也许有些东西我不记得了。"

她摇头,拉着他的手肘。"你不可能忘记的。来吧。你一定知道,这里是成人阅读区。"

"那时候我十三岁,求你让我越区。你说我年纪还太小。可是——"

"最后我还是让你过来了?"

"没错。谢了。"

他俯瞰着她,又一个念头浮现脑袋。

"你以前比我高。"他说。

她抬头看他,笑了笑。

"我这辈子得经常面对这种事,不过,我还有力气这么做。"

他没来得及逃走,她已经用大拇指和食指紧紧夹住他的下巴。他翻着白眼。

他说:"我还记得,每次当我不乖的时候,你就捏住我的下巴,弯腰把脸凑在我面前皱着眉头。皱眉头很有用。每次你紧捏我的下巴十秒钟,我就会乖上好几天。"

她点头,松开他的下巴。

他揉着发痛的下巴,两人往前走时,他低着头,没看她。

"抱歉,希望你听了不会生气,在我小时候,我经常仰头看着你坐在办公桌前,那么近却又那么遥远,然后,不知道该不该说,当时我总觉得你是女上帝,这整座图书馆是全世界,无论我想认识或阅读这世界的哪个地区、哪个人物或事物,你都会替我找来。"他停顿了一下,脸颊泛红,"你也确实如此。每次你总是有求必应。你总能带领我去发现某个我没读过的地区,我不认识的国家。这点我从不曾忘记。"

她缓缓环顾着四周的几千本书。她感觉心情无比平静。"你真的那么叫我?"

"女上帝?对啊。老挂在嘴上呢。"

"走吧。"她说。

他们一起通过一间间阅览室,下楼来到报摊案区,然后又回到楼上,他突然靠着楼梯扶手,紧抓不放。

"亚当斯小姐。"他说。

"怎么了,上尉?"

他吁了口气,"我很害怕。我不想离开。我很怕。"

她的手自动伸出,挽住他的臂膀。在重重暗影中,她说:"有时我也会害怕。你怕什么呢?"

"我不想就这样离开,连声再见都没说。还没回来前,我很想和我所有老友见面,握手,拍拍他们的肩膀,我也不知道,也许开开玩笑。"他停顿,等着,又往下说,"可是我在镇上绕了又绕,没人认识我。大家都离开了。"

墙上挂钟的摆锤来回摆荡,亮闪闪的,声音小得听不见。

亚当斯小姐不知该往哪儿走,只好挽着他的手臂,带他走上最后几级楼梯,离开底下的大理石藏书室,来到装潢明亮的最上层。

他环顾周遭,摇了摇头。"这儿也没半个人。"

"你真这么想?"

"不然人在哪里?我那些老朋友有谁曾经回来探访、借书或者还书?"

"很少。"她说,"不过,你可曾发现托马斯·沃尔夫(Thomas Wolfe)犯了个错?"

"沃尔夫?那个小说怪杰?犯错?"

"他一本小说的书名。"

"《回不了家的人》?"他猜测。

"就是这本。他错了。家就在这里。你的朋友们依然在这儿。这里是你的避暑胜地。"

"是啊。神话,传奇故事,木乃伊,阿兹提克国王,会吐出蟾蜍的邪恶姊妹。我确实在这儿度过不少时光。可我没看见半个我的朋友。"

"这个嘛。"

他还没开口,她已经打开一盏绿灯罩的桌灯。隐秘的灯光洒在一张小桌上。

"是不是很棒?"她说,"现在大部分的图书馆都太亮了。应该要有些阴影的,你不觉得?有些神秘感,对吧?这样到了深夜,那些野兽才能爬下书架,蹲在这丛林绿的灯光旁边,吐着气翻开一页页书。我很疯吧?"

"我一点都不觉得。"

"很好。坐下。我已经知道你的名字,也全部回想起来了。"

"不可能。"

"是吗?看着吧。"

她说着消失在层层书架中,出来时抱着十本书,她把那些书竖立着排列开来,书页朝下略为散开,书脊朝上,让他能够看见书名。

"1930年夏天,那年你多大?十岁,你在一星期内读完了这些书。"

"奥兹国?桃乐丝?魔法师?对,没错。"

她把其他书立在旁边。"《爱丽丝梦游仙境》《爱丽丝镜中奇遇》。过了一个月你又来借这两本书。'可是,'当时我说,'你已经看过了。''可是,'你说,'还读得不够熟,还说不出来。我要能大声说给别人听。'"

"老天,"他轻声说,"我真这么说?"

"真的。这儿还有几本你读了十几遍的。希腊神话,罗马、埃及神话。挪威、中国神话。你胃口好极了。"

"我三岁那年,图坦卡门王的坟墓出土,他的凹版照片让我大开眼界。你还拿了哪些书?"

"《人猿泰山》①,这本书你借了……"

"好几十遍!约翰·卡特。《火星战神》,看了四十几遍。我的天,亲爱的女士,你怎么可能全都记得?"

"你老是窝在这里。夏天,你总是在那里等我开门。中午你会回家吃饭,但有时也会带三明治来,坐在外面的石狮子旁边吃。有时很晚了你还没回家,你父亲会来拎着你的耳朵把你拖回去。"

"可是——"

"你从不玩耍,从不趁着好天气跑出去打棒球,也不玩足球,我想。为什么呢?"

他回头瞥一眼大门,"因为他们在等我。"

"谁?"

"你知道的。那些从不借书也不看书的人。就是他们。那些人。"

她回想着。"噢,我想起来了。那些小流氓。他们为什么要追你呢?"

"因为他们知道我爱看书,不把他们看在眼里。"

---

① Warlord of Mars,为《人猿泰山》作者埃德加·赖斯·巴勒斯火星系列小说之一,主角为约翰·卡特。

"你能平安无事真是奇迹呢。以前我常在傍晚看见你驼着背在那儿看书。你的样子好孤单。"

"不孤单,我有它们。我的伴。"

"这里还有。"

她放下《劫后英雄传》《罗宾汉》和《金银岛》。

"噢,"他说,"还有亲爱的诡异的爱伦·坡先生。我爱死了他的《红死病的面具》。"

"你三天两头来借这本书,后来我要你办理永久借阅,除非有别人想借。六个月后,有人要借了,你把书拿来,我看得出你非常不情愿。过了几天,我又让你继续留着这本书一年。我不记得后来你有没有——"

"书在加州家里,我是不是该——"

"不,不用了。好啦,这些是你的书,我再去拿些过来。"

她回来时,不是拿一堆,而是一次拿一本,就像每一本都是独一无二的。

她开始在另一列史前巨石群里头梭巡。当她把那些散发着孤寂神采的书放下,他便说出它们的书名和作者的名字,还有当年和他隔桌而坐的那些人的名字,他们安静看着书,有时大声念出书中的精彩部分,念得那么动人,没人要他们"安静"或"闭嘴",连一声"嘘"都没有。

她将第一本书放下,他眼前立刻出现一片开满金雀花的原野,风吹拂着一个跑过原野的年轻女子①,这时开始下雪,远远地有人喊着"卡西",雪落下时,他看见一个六年级时坐在他对面、陪他一起走路上学的女孩,她两眼凝视着微风轻拂的原野、

---

① The Snow Maiden,俄罗斯童话。

落雪和那个身处在另一个冬季的迷路的女人。

第二本书放下，一匹美丽的黑马奔驰在夏日草原上，骑在马背上的是另一个女孩，她躲在书后面，大胆地递纸条给他，那年他十二岁。

接着是有着雪娘脸庞的遥远幽灵，她的头发是由夏季微风弹奏着的长长金竖琴；她永远向着拜占庭帝国航行，那儿的国王常在黄昏和黎明时分，就着精美笼子里的金丝雀的歌声打盹。几千个日子前的下午，她常在校园四周徘徊，然后到深邃的湖水中游泳，再也没出来过，也从未被找到，可是现在她突然在这绿灯罩下的幽暗光影中着陆，打开叶慈的诗集，终于从拜占庭帝国航向家园。

她的右边是名字比任何人都好记的约翰·哈夫。他声称爬过镇上的每一棵树而且从来没摔下来过。他有本事一口气跑过西瓜田，踩踏着西瓜，脚不落地，然后一棒子敲下大堆栗子；他会一大早在你窗前唱歌，连续四个年级都写同样内容的马克·吐温小说的读书报告，被老师逮到时也只轻轻撂下一句："叫我哈克[①]。"

他的右边是镇上旅馆老板的苍白儿子。他看来像是从来不睡觉的样子，常信誓旦旦地说镇上每间空房子都闹鬼，还带着你去证明给你看，鼓动他的如簧之舌，皱着鼻子，喉咙呼噜噜发出漫长十月的死亡之声，厄舍府[②]那无以名状的恐怖崩塌声响。

他旁边是另一个女孩。

她旁边是……

---

① Huck，马克·吐温所著《汤姆历险记》中的主角。
② The Fall of the House of Usher，爱伦·坡小说。

再过去……

亚当斯小姐放下最后一本书。

他立刻想起多年前,大家对这种事总是秘而不宣的时候,有一天,那个容貌姣好的女孩抬起头——当时他是懵懂的十二岁,而她是聪颖的十三岁——悄声对他说:"我是美女,你呢?你是野兽吗?"

此刻,多年之后,他很想回答那个小而美丽的幽魂:"不是。他躲在干草堆里,当钟声敲响三下,他将偷偷爬出来饮酒。"

没了,所有书都已就位,由他的自我形成的外圈,和由回忆中的脸孔构筑的内圈,活了过来,带着夏天和秋天的名字。

他久久坐在那里,然后又坐了好一会儿,接着,他伸手一本本拿起那些曾经属于他、现在依然如此的书,打开来,读着,关上,再拿起另一本,直到拿完外圈的最后一本,然后转身摸索、探寻并找到了河面上的浮筏、肆虐着暴风雨的金雀花原野、奔驰着美丽黑马和它的迷人骑士的草原。

他听见在他背后,那位女图书馆员悄悄走开,留下他和白纸黑字独处……

不知过了多久,他靠回椅背,揉着眼睛,环顾着那座堡垒,那道围墙,那道书本筑成的罗马军营,然后点点头,湿了眼眶。

"果然。"

他听见她从背后走来。

"怎么?"

"你刚才说的,托马斯·沃尔夫小说的书名。果然错了。一切都还在这里,不曾改变。"

"将来也不会改变,只要我在这儿。"她说。

"千万别离开。"

"只要你常回来,我就不走。"

这时,镇外不远处,一列火车呼啸着驶来。她说:"是你的那趟火车吗?"

"不是,但也快了。"他说着起身,绕着那座高耸的小纪念塔走着,然后一本本地将它们的封面合上,嘴里喃喃念着那些怀念的书名和怀念的老友名字。

"我们得把它们放回书架上吗?"他说。

她看看他,再看看那两道圆圈,久久才说:"明天再放也可以。怎么?"

"说不定,"他说,"到了夜里,因为那些灯罩的缘故,翠绿,像丛林,你说的那些野兽会爬出来,用它们的气息吹开书页。说不定——"

"还有呢?"

"说不定我那些朋友,这些年来都躲在书架上的,也会全部跑出来。"

"他们已经在这儿了。"她轻声说。

"没错,"他点头说,"他们在这里。"

但他仍然动不了。

她静悄悄地退回办公室。走到办公桌前,她回头大喊,这夜最后的呼喊。

"关门时间到。关门时间到了,孩子们。"

她迅速熄掉所有灯光再打开,明灭之间,有如图书馆的黄昏。

他离开那张陈列着双圆弧书本的桌子,朝她走去,说道:"我可以走了。"

"是的,"她说,"威廉·亨利·斯波尔丁。你可以走了。"

他们一起下楼,她关掉台灯,一盏盏的关掉台灯。她帮他穿上外套,然后,想也没想,他牵起她的手来,亲吻她的手指。

这动作太唐突,她差点大笑出声,但随即说:"还记得亨利·詹姆斯[①]做了和你一样的动作时,伊迪丝·华顿是怎么说的吗?"

"她是怎么说的?"

"韵味是从手肘发出的。"

两人一起仰头大笑,他转身走下大理石台阶,朝着污渍斑斑的玻璃大门走去。到了楼梯底下,他抬头对她说:"今天晚上你睡觉前,想想我十二岁时是怎么叫你的,然后大声说出来。"

"我忘了。"她说。

"才不,你记得。"

镇外,又一列火车轰轰驶来。

他打开图书馆大门,踏了出去,走远了。

她的手搁在最后一盏台灯的开关上,回头瞥一眼远远那张桌子上排成双重圆圈的书本,心想:"当时他是怎么叫我的?"

"噢,对了。"片刻后,她说。

然后关掉最后一盏台灯。

[①] 19世纪美国作家,与伊迪丝·华顿为挚友。

土壤免费

刊于《美国之旅》(American Way)
1996 年

    墓园位于城市的中心。四周围绕着滑驶在闪亮蓝色轨道上的电车,和许多排放废气与声音的汽车。可是一旦进了墙内,便是个孤绝的世界。因为方圆半里的范围内,是一大片黑漆漆的树林,还有像灰白蘑菇般从泥地里长出、潮湿阴冷的墓碑。一条碎石路从入口通往暗处,铁栅大门内耸立着一栋有着六面山形墙和一座圆顶阁楼的维多利亚时期的哥特式房屋。前门廊的灯光照亮了一个老人的孤独身影,没抽烟,没看书,一动不动地坐着。如果你深吸一口气,会发现他身上带着海水、尿、莎草纸、引燃物、象牙还有柚木的气味。他想说话时,他的假牙便自动启动他的嘴。这时他那双细小的黄瞳眼睛抽动着,拨火孔般的鼻孔突然缩小,因为有个陌生人沿着碎石路嘎吱嘎吱走来,一脚踏在门廊台阶上。

    "晚安。"陌生人说。一个年轻人,二十岁左右。

    老人点点头,两手仍然静静地放在膝盖上。

    "我看见大门的招牌。"陌生人又说,"上头写着'土壤免费'。"

    老人微微点着头。

陌生人勉强挤出笑容。"说来可笑，不过我真的被那块招牌吸引了。"

门廊内有片玻璃扇，灯光透过这片染着蓝、红、黄色的玻璃扇投射在老人脸上。他似乎完全不以为意。

"我心想，土壤免费？我从没想过你们会有多余的土壤。你们挖个洞，把棺材放进去，然后又把洞填满，应该不会有剩下的土壤，对吧？于是我想……"

老人倾身向前。这动作太突然了，陌生人赶紧将踏在底层台阶上的脚缩回。

"你要吗？"老人说。

"这，不，不要，我只是好奇。那样的招牌总会令人好奇的。"

"坐吧。"老人说。

"谢谢。"年轻人不安地坐在阶梯上，"你知道的，平常人经验再多，很少有人想象得到，经营墓园是怎么回事。"

"然后呢？"老人说。

"我是说，例如挖坟需要多少时间。"

老人靠回椅背。"天气凉爽的话，两小时。热天，四小时。非常热，六小时。非常凉爽，还没冷到冻僵的地步，而是真的很凉爽，一个人可以在一小时内挖好一座坟墓，然后回家喝杯热巧克力加白兰地。再优秀的人手在大热天里，还不如一个差劲的人手在凉爽的天气里工作。挖开一座坟墓或许得花个八小时，不过这儿有些挖好的土壤，全是沃土，没有石头。"

"我很好奇冬天是什么情形。"

"遇上暴风雪，我们会将死者和尚未寄送的邮件存放在冷冻室里，到了春天便得花一整个月动锹动铲的了。"

"春天是播种耕耘的季节,对吧?"陌生人大笑。

"可以这么说。"

"你们在冬天难道从来不挖坟?为了特别的葬礼?特别的死者?"

"有些墓园有种水力挖掘装置。将热水透过叶片打进土里,这样一座坟墓很快就挖好了,就像挖矿床一样,就算地面结了层冰也没问题。我们没那种装置。我们只用鹤嘴锄和铁锹。"

年轻人犹豫了一下。"你不会觉得困扰吗?"

"你是说,我可曾感到害怕?"

"呃……是的。"

老人掏出烟斗,填了些烟丝,用粗硬的大拇指压平,然后点燃,吐出一小缕烟雾。

"不曾。"最后他说。

年轻人的肩膀一沉。

"失望?"老人说。

"我以为,也许在你……"

"年轻的时候,也许吧。从前……"

"果然有段精彩往事!"年轻人往台阶上挪动一步。

老人瞪着他,然后继续抽烟斗。"从前。"他凝视着那些大理石冢和昏暗的树林。"这座墓园归我祖父管。我出生在这里。挖墓工人的孩子,得学会凡事别想太多。"

老人猛吸几口,继续说:"我十八岁那年,有一次家人度假去了,我一个人留下来照顾墓园、割草、挖土等。一个人,得在十月挖完四座坟墓,一道冷风越过湖面而来,墓穴里全是冰霜,墓碑变成白色,地面硬邦邦的。

"某个晚上,我走到外面。没有月亮。脚下是坚硬的草地,我可以看见自己吐出的白雾。我两手插着口袋，走着，听着。"

老人从细小的鼻孔呼出幽灵似的烟雾。"然后我听见了声音，在地底下。我愣住。那是人的声音，尖叫声。有人被埋在底下，醒了过来，听见我的脚步声，于是大声呼叫。我呆站着。他们不停尖叫，砰砰敲着泥土。冷天里，泥地就像瓷器，叮叮响着，明白了吧？

"总之——"老人闭上眼睛回想着，"我站在那儿，血液像是被湖上吹来的风冻住了。是玩笑？我左看右看，心想。是幻觉？不对，声音就在我脚底下，清清楚楚。是女人的声音。所有墓碑我都熟悉。"老人抖动着眼皮。"我能照着字母顺序背诵它们的名字和年月日。随便举个年份，我能马上告诉你。1899年如何？杰克·史密斯在那年走了。1923？贝蒂·达曼死了。1933？P. H. 莫兰。随便举个月份。8月？去年8月，我们埋葬了韩莉耶塔·韦尔斯。1918年8月？汉龙祖母，一家人全死了！流行性感冒！随便举一天，8月4日？史密斯·柏克，雪碧也跟着走了。威廉森呢？他葬在那边的山丘上，粉红色墓碑。道格拉斯？在小溪边……"

"说故事。"年轻人急切地说。

"什么。"

"你刚才说的那个故事。"

"噢，地底下的声音是吧？话说我认得所有的墓碑。我站在那里，推测那个地底下的声音来自韩莉耶塔·法兰威尔，漂亮女孩，二十四岁，在伊利特剧院弹钢琴。高大，优雅，金发美女。我怎么认得出她的声音？因为我站的地方全是男性坟墓，她是唯一的女性。我跑过去，耳朵贴着她的墓碑。没错！是她的声音，正在底下尖叫！

"法兰威尔小姐!我叫着。"

"法兰威尔小姐,我又叫。"

"我听见她的声音在地底下,只不过变成了啜泣声。也许她听见了我的叫声,也许没听见。总之她哭个不停。我飞奔下山,途中绊了一跤,头撞上一块石头,挣扎着爬起来,连我也开始尖叫了。我跑到工具棚,一身是血,胡乱翻着工具,最后我呆立在月光下,手上只拿着支铁锹。整片墓地都结了冰,硬得跟什么似的。我倒在一棵树下。我先得花三分钟回到她的坟墓前,再花八小时连夜挖出她的棺木。地面硬得跟玻璃一样。棺木毕竟只是棺木,里头的空气就那么些。韩莉耶塔·法兰威尔已经下葬两天了,那时天气还没转冷,她睡了两天,把空气都用光了,而且冷风来之前还下了雨,因此她的棺木上方的泥地全都渗了雨水,现在全结了冰。我很可能得挖上八小时。听她的尖叫声,里头的空气绝对撑不过一小时。"

老人的烟斗已经熄灭。他在椅子里摇晃着身体,一前一后摇晃,不再吭声。

"然后呢?"年轻人说,"你做了什么?"

"什么都没做。"老人说。

"什么都没做?"

"我也无能为力啊。地面都冻结了,就算六个大汉也挖不动,附近又没有热水。而且在我听见之前,她或许已经呼叫了好几个小时,所以……"

"你真的——什么都没做?"

"做了。我把铁锹和凿子放回工具棚,把棚子上锁然后回到屋内,生了堆火,喝了热巧克力,全身发抖。换作是你,你会怎么做?"

"我——"

"你会不会连着八小时挖掘结了冰的地面,明知道等你挖出她来时,她已经累死、冷死、窒息而死?然后又得重新把她埋回去?还得通知她的家人,向他们报告这件事?"

年轻人没吭声。门廊上,几只蚊子绕着那盏灯泡嗡嗡地飞。

"原来如此。"年轻人说。

老人吸着烟斗。"我哭了一整夜,因为我一点力都使不上。"他睁开眼睛,吃惊地望着周遭,像是刚听完一则别人的故事。

"故事真精彩。"年轻人说。

"不,"老人说,"那可是千真万确的。想不想听别的?看见那边有个丑天使的大墓碑了吗?那是亚当·克里斯宾的坟墓。亲戚间起争执,法官下令验尸看是否被下了毒。检查结果没有任何发现。于是将他放回去,可是这时候他坟墓里的泥土已经和别处的泥土混在一起。我们只好从四面八方挖来泥土。过去那块墓地,有个折翼天使雕像的?玛丽露·菲普斯。我们把她挖出来运送到伊利诺伊州埃尔金斯。又是亲人互控。她离开后,墓穴就一直空着,呃,空了三个礼拜吧。没有其他人下葬。在这期间,她墓地的泥土也和别人的混在一起。过去第六个坟墓,墓碑朝北的那个,那是亨利·道格拉斯·钟斯。死后无人问津六十年,然后突然成了名人。现在他已经移灵到南北战争纪念碑下。当时他的坟墓空了两个月,没人想用南方佬用过的墓穴,因为我们都支持北方的格兰特将军。因此他的泥土被撒得到处都是。现在你明白那'土壤免费'招牌是什么用意了吧?"

年轻人望着大片墓地。"那么,"他说,"你们准备送人的泥土是从哪里来的?"

老人用烟斗往前一指,陌生人循着手势看过去,果然,附近的围墙旁有座土丘，大约十尺长、三尺高，全是土壤和黄褐、棕褐和焦茶色等深浅不一的草丛。

"去瞧瞧吧。"老人说。

年轻人缓缓走过去，站在土冢旁。

"踢一下看看，"老人说，"看是不是真的。"

年轻人踢了一下，脸色突然转白。

"你听见了吗？"他说。

"听见什么？"老人望着别处。

陌生人听了会儿，摇头。"没事。"

"那么，"老人敲掉烟斗的灰烬，问他，"需要多少免费土壤？"

"我没想过。"

"有，你想过。"老人说，"不然你就不会开着你的轻型货车从墓园门口经过了。我的听觉灵敏得很。刚才我听见了你的引擎声。要多少？"

"唔，"年轻人不安地说，"我的后院是八十尺长、四十尺宽。大约需要一寸的表土。所以……"

"我看，"老人说，"大约是土堆的一半。算了，全部拿去吧，反正也没人要。"

"你是说——"

"我是说，那座土墩始终在长高又变矮、矮了又长高、上下混杂的状态，从格兰特将军拿下里奇蒙、谢尔曼将军到达海岸的年代开始就一直没变过。那里头掺杂着南北战争的泥土、棺木细屑，还有拉法叶将军和尊贵的爱伦·坡一见如故的时代留下的丝缎棺木碎片。里头还有千百场葬礼剩下的花朵和花束。寄给那些从未能够越洋返家的黑森雇佣兵和巴黎炮手的慰问卡的碎片。那堆土壤里含有丰富的骨粉和棺木花饰，我真该向你索费的。趁我还没开口,去拿铲子吧。"

"待在那里别离开。"年轻人举起一只手来说。

"我哪儿都没打算去,"老人说,"这附近也没人会妄动。"

那辆半履带车开到了土墩旁边,年轻人钻进车内找铲子。

老人说:"不用找了。"

老人又说:"墓园的铲子最好用。熟悉的工具,熟悉的泥土。气味相投,挖起来也比较顺手。"

老人说着往一把半埋在那堆黝黑土墩上的铲子点了下头。年轻人耸耸肩,走了过去。

那把墓园的铁锹被抽出,发出一声轻叹。周围的古老土块也带着同样的叹息声崩落。

他开始挖掘,来回奔走,将土壤填满他那辆半履带车的后车厢,这时老人用眼角瞟着他:"我说过,那里头不只是泥土。1812年的战役,1918年10月的流感大流行,全都从那些埋葬、被挖空再填满的坟墓撒播开来。无数死者的遗体在泥土里发酵,各种荣耀融入了那片混合物,金属棺材和棺木把手的铁锈,不见了鞋子的鞋带,长长短短的头发。你可曾见过死者的头发被编成辫子,拿来黏在遗骸上织成皇冠的?那是照片中笑容粲然、眼神谐趣的某人生前仅存的东西,而她仿佛知道自己已不在人世。头发,肩章,不是完整的肩章,而只是一股线头,所有这些连同已经干涸的血液一起埋葬。"

年轻人铲完了土壤,汗水淋漓的,他把铁锹丢回泥地。

老人说:"一起拿去吧。墓园的泥土,墓园的铲子,气味相投。"

"明天我就把它送回来。"年轻人将铁锹丢上堆满泥土的货车。

"不用了。你拿了泥土,铲子也一起给你。只要你别把那些免费土壤送回来。"

"我为什么要那么做?"

"反正别送回来。"老人说,但没有移动,只看着年轻人爬上货车,发动引擎。

他坐着聆听后面平板上那堆土壤的颤动、叹息声。

"你还在等什么呢?"老人说。

这辆轻薄的货车在薄暮的余光中奔驰,被逐渐逼近的黑暗追逐着。云朵在头顶疾奔,不知被什么搅得心神不宁。地平线,雷声敲响。几滴雨落在挡风玻璃上,促使年轻人狂踩油门,转入他居住的街道,这时太阳已沉没,狂风大作,他小屋周围的树林被吹得鞠躬哈腰。

他跳下车,看了看天空、他的房子和空荡的花园。几滴冷雨打在他脸上,让他下了决心;他把那辆笨重的货车开进空无一物的院子,拉开后面的金属护栏插闩,将它打开大约一寸宽,让少量泥土流下,然后开始在院子里反复倒车、前进,让那漆黑的物体低语着流下,让那怪异、神秘的土壤呢喃着撒落,直到货车空了,他站在夜风中,看着黑色的土壤随风搅动。

然后他把车子锁进车库,回到后门廊上站着,心想,不需要洒水。暴风雨自然会滋润这片土壤。

他久久站在那里,注视着那片墓园覆土,等着下雨。突然,他想,我这是在等什么呢?老天!然后进屋去。

十点,一阵雷雨敲击着窗玻璃,洒在黑暗的花园。十一点,雨持续不断地降下,排水沟稀里呼噜一阵猛吞。

午夜，雨势更大了。他去查看那片黝黑的新土是否被冲走了，但只看见那些黑泥像是一大块黑色海绵般狂饮着雨水，被遥远天际的闪电照亮。

凌晨一点，尼加拉瓜瀑布般的大雨撼动整栋屋子，窗户全被雨水遮掩，电灯摇晃个不停。

之后，突然间，这阵滂沱大雨，尼加拉瓜瀑布，停了，紧接着闪电大作，噼里啪啦横扫过紧邻着房子、就在窗外的那片黑土，有如千万盏闪光灯泡同时点亮般迸裂着强光。接着，大片黑幕随着雷声落下，劈天裂地的雷响摇撼着万物。

他躺在床上，渴求着有只狗什么的可以拥抱，以补偿无人陪伴的空虚，他紧拥着被单，头埋在里头，然后在一室寂静中起身，空气静止，暴风雨已经离去，雨也停了，屋里屋外归于宁静，最后几滴雨早已渗入那片颤动的土壤。

他浑身颤抖，抖个不停，不得不抱住冰冷的身躯来试图止住。他感觉口渴，却无法移动身子到厨房去喝水、牛奶或剩下的酒什么的。他躺回床上，唇干舌燥，不知为何眼里充满了泪水。

土壤免费，他想着。老天，多么荒唐的一夜。土壤免费！

两点钟，他听见手表轻柔的嘀嗒声。

两点半，他感觉手腕、脚踝和脖子的脉搏跳动着，接着是太阳穴和脑袋里。

整座房子在风中倾斜，聆听着。

屋外的寂静夜色中，风已乏力，浸满雨水的庭院横躺在那儿，等着。

终于……有了。他张开眼睛，转头朝向隔着百叶窗的窗口。

他屏住呼吸。什么？有了？有什么？

窗外，墙壁那头，屋子外面，屋外的某个角落，有一声叹息，沙沙声，声音越来越大。草在长高？花开了？泥土在流动、崩塌？

一声长长的叹息，一种浓淡阴影和深浅色调的混合体。有东西正在长高。有东西在蠢蠢欲动。

他的血液冻结。他的心脏顿止。

屋外一片黑暗中，在院子里。

秋天来临了。

十月就在眼前。

他的庭院给了他……

满园丰收。

最后的仪式

刊于《奇幻与科幻杂志》(*The Magazine of Fantasy&Science Fiction*)
1994年11月

哈里森·库柏并不算老，才三十九岁，已经远离三十大关，贴近四十岁边界了，他的脾气和生活态度也和以前大不相同了。眼看这位才子就要成为一个聪颖优秀、未婚、没有婚约而且没有子女可引以为傲的人。没有太多事情好做的他，在1999年夏天的某天清晨哭着醒来。

"怎么会！"

他下了床，在镜子前看着自己的泪眼，端详着自己的愁容，追踪着悲伤的来源。他像孩子般对情绪感到好奇，绘制着自己的情绪地图，但找不到绝望之国的核心城市，只有一片广大无涯的哀愁。于是他开始刮胡子。

但这毫无帮助，因为哈里森·库柏不小心踢中了某个秘密的哀伤之泉，他一边刮脸，这泉水一边涓涓滑下他堆满泡沫的脸颊。

"老天，"他大叫，"我在参加葬礼，可问题是谁死了？"

他吃了比平常湿软的早餐吐司，然后一头钻进实验室，想看看是否能透过时光旅行器，找到关于他眼睛的谜团，为何那里"下雨",而身体的其他部位都好端端的。

时光旅行器?没错。

哈里森·库柏十年来的大部分时间都花在装设通向混沌的过去和难测的未来的电路上。大部分男人热衷于探究象征美女的汽车。哈里森·库柏则是梦想着能够借着空气和电流的结合完成他称作"莫比乌斯机"的东西。

他曾在酒后淡然地告诉朋友,说他撷取了一条未来的环带和一条过去的环带,将它们各扭转半圈然后联结起来,这样便成了只有单面的环带。就像那位19世纪的数学家莫比乌斯[①]黏接8字形的双圈一样。

"噢,对了,莫比乌斯。"朋友们应和着。

他们真正的意思是:"噢,不会吧。晚安了。"

哈里森不是疯狂科学家,不过却是无可救药的无趣。他也明白这点,于是回家去继续做他的莫比乌斯机。如今,在这个冷雨从他眼睛滴落的奇怪早晨,他站在那儿注视着他发明的装置,很惊讶自己并未带着创造者的雀跃起舞。

一阵实验室的门铃声打断他的思维,他去开门,发现外头站着一个稀客,一个如假包换的骑着单车的西联邮递小弟。他签收了电报,正要关门,瞧见那个男孩紧盯着莫比乌斯机。

"那——"男孩睁大眼睛惊呼,"是什么东西?"

哈里森退到一旁,让男孩绕着机器走了一大圈。男孩的眼睛滴溜溜地打转,打量着那台用红铜、黄铜和银打造而成的亮闪闪的巨大8字形环状机械。

"对了!"男孩大叫,眼睛发亮,"一定是时光机!"

[①] 德国数学家 Augustus Mobius 发现将一条长带扭转一百八十度,再将两端黏合起来,具有单面性质,称为"莫比乌斯环(Mobius Strip)"。

"猜对啦。"

"你什么时候出发?"男孩说,"你打算去哪里?和哪些人见面?亚历山大?西泽?拿破仑?希特勒?"

"不,不是。"

男孩继续念出他的名单,"林肯——"

"这就比较可能了。"

"格兰特将军!罗斯福!本杰明·富兰克林!"

"没错,富兰克林。"

"你真幸运。"

"是吗?"哈里森吃惊地发现自己点着头,"老天,说得也是,突然间——"

突然间,他明白他早上为何哭着醒来了。

他紧抓着男孩的手,"太感激了。你真是绝妙的催化剂——"

"催——"

"就像罗夏墨迹测验——让我决定列出自己的名单——好了,请悄悄地、安静地——出去!抱歉。"

大门关上。他跑进书房打电话,按了一组号码,等着,一边浏览书架上的上千本书。

"是的,是我。"他喃喃说着,迅速瞟着那些闪亮的烫金书名,"你们几个。两个、三个,四个更好。喂!山姆,萨缪尔?你能不能在五分钟内赶来,或者三分钟?非常紧急。快过来!"

他挂了电话,转身,伸手到书架上。

"莎士比亚,"他自语着,"威廉,会是——你?"

实验室门打开,山姆/萨缪尔探头进来,愣在那儿。

只见在那台巨大的8字形莫比乌斯机的中央坐着哈里

森·库柏，一身皮革外套和闪亮长靴，还打包了午餐盒。他弯着两只手臂，手肘朝外，手指搁在计算机控制盘上。

"你的飞行帽和挡风眼镜呢？"萨缪尔问。

哈里森掏出它们来，戴上，不自然地笑了笑。

"你真的准备出发了！"萨缪尔大步走向机器，冲着那位相当怪异的乘客说，"怎么了，库柏，发生了什么事？"

"早上我醒来，哭了。"

"是啊。昨晚我大声朗诵了电话簿。果然有用。"

"不，我要你念这些给我听。"

库柏说着把几本书交给他。

"那有什么问题！每次上英国文学课我们不是聊天就是醉得跟什么一样。"

"让我因为找到解答而感动流泪吧！"

"什么的解答？"

"这些书为何失传。它们为何一直被埋没，有些作品直到1920年以后才被人发现并发行。"

"少废话，快说重点，"萨缪尔说，"你是要我专程跑来听你说教的，还是问我意见？"

哈里森跳下机器，推着萨缪尔进入书房。

"你得替我安排旅行地图。"

"旅行？旅行！"

"我打算出发去进行一趟遥远的伟大文学之旅。一个人的救世军。"

"去救人？"

"不是，去拯救灵魂。如果灵魂死了，生命又有什么意义？告诉我有哪些作家总是让我们彻夜不眠然后在黎明时流着泪醒来。这里有白兰地。喝吧!记得吗?"

"记得。"

"把他们列出来。从新英格兰的伤感作家开始吧。忧郁,孤僻,最后投海溺死,一个六十岁的失落的灵魂。好了,还有哪些忧郁的天才是我们经常聊到的?"

"老天!"萨缪尔大叫,"你真要去拜访他们?啊,哈里森,哈利,我爱你!"

"闭嘴。记得你是怎么写笑话的?反其道而行,先大笑再思考。所以,我们得先大哭然后循着泪水找到源头。得先发现鲸鱼才能找到小虾米。"

"昨晚我引用了——"

"然后呢?"

"然后我们谈了话——"

"继续。"

"嗯——"

萨缪尔大口喝下白兰地,眼睛冒出了火焰。

"把这段写下来!"

他们写着然后跑开。

"你到了那边以后会怎么做,图书馆博士?"

坐在庞大的莫比乌斯环阴影底下的哈里森大笑着点头。"没错,哈里森·库柏,文学牧原博士,专门拯救那些没了草原可以猎食的善良老狮子,它们需要的只是一点关爱、一点掌声、醉人的文字,而这些全都在我心中,全都在我舌尖。为我欢呼。再会。后会有期。"

"保重!"

他扳动操纵杆，转动把手，只见那机器，螺旋状的金属，蝴蝶形的环带，就这么——消失了。

片刻后，莫比乌斯机的原子结构再度扭转，然后——他回来了。

"瞧！"哈里森·库柏大叫，脸色红润，眼神充满狂热，"完成！"

"这么快？"他的朋友萨缪尔说。

"这里一分钟，相当于那里的好几个小时。"

"成功了吗？"

"你看！具体证据。"

泪水滑落他脸颊。

"发生了什么事？快说！"

"听我慢慢道来……"

那具陀螺仪旋转着，那条螺旋形环带元气十足地转个不停，一片巨大的窗帘在风中鼓动，吐着气，然后静止下来。

仿佛从邮递槽掉下来似的，那些书几乎是抢先一步抵达，接着才是一个男人的双脚，接着是一双只出现一半的脚，接着是模糊的双腿和身体，最后是头部；当螺旋环带转动着消失于无形，这人像是就着火炉取暖般地蹲伏在那堆书上。

他按着那些书，仔细聆听着昏暗走廊里的动静。属于晚餐时间的人声从楼下传来，而他手肘边有一扇房门敞开着，从里头飘出隐隐的疾病气味，随着房里那位病人夸张的喘息声起起伏伏，忽远忽近。餐盘银器的声音从楼下那个宁静幸福的世界传上来。这条长廊和病房似乎被隔绝了。不久或许会有人端着晚餐托盘上楼来，给躺在房间里那位半醒着的男人吧。

哈里森悄悄站起，查看了下楼梯间，然后抱着那堆书，甜蜜的重担，进了房间。里头一张床的两侧亮着烛光，那个垂死的男人仰躺在床上，两只手臂平放在身体两侧，头陷在枕头里，眼睛痛苦地紧闭，嘴巴像是挑衅着天花板，挑衅着死亡，落下来将他终结那样的紧抿着。

一碰触到那些书，先是一侧，再来另一侧，床上的老人[①]开始眨动眼皮，干燥的嘴唇张开来，咻咻喷着鼻息。

"是谁？"他虚弱地说，"几点钟了？"

"每当我感觉自己的嘴角变得阴沉，每当我面临我生命中潮湿多雨的十一月，我便判定那是该尽快往海边去的时候了。"站在床脚的旅人轻声回应着。

"什么，你说什么？"床上的老人一惊。

"这是我抒发怨怒、调节身心循环的方式。"旅人引述着。他走向前，在垂死老人的两只手底下各放一本书，让他可以用颤抖的手指搔抓、移动书本，然后像盲人点字那样的触摸。

陌生人就这样拿起一本又一本书，将封面出示给他，翻开一页，接着翻到印有这些作品的发行日期的版权页，这些日期相隔得有些远，但不曾间断，在遥远的未来连绵不绝延续着。

病重老人的视线在那些封面、书名、日期之间游移了一阵，最后停在来访者发亮的脸上。他长吁一口气，惊愕地说："你看来像个旅人。从哪里来的？"

"看得出来？"哈里森倾身向前，"是这样没错，我是来给你报喜的。"

"这种事只可能发生在处女身上，"老人虚弱地说，"躺在这

---

① Herman Melville，19世纪美国小说家、散文家和诗人。以其水手经历为本写成的《白鲸记》（*Moby Dick*）被誉为美国最伟大小说之一。生前默默无闻，穷困潦倒而终。

儿，埋在一堆没人看的书本里的，可不是处女。"

"我是来救你的。我从一个遥远的地方带了信息来给你。"

病人的眼睛飘向栖息在他颤抖的双手底下的几本书。

"关于我的？"他轻声说。

旅人严肃地点头，随即露出微笑，因为老人的脸颊开始有了血色，眼里和嘴角的线条也突然变得急切。

"这么说来，还有希望？"

"有！"

"我相信你。"老人深吸一口气然后问，"为什么？"

"因为，"床脚的陌生人回答，"我爱你。"

"我根本不认识你，这位先生。"

"可是我认识你，了解你漂泊起伏、历尽风浪的生涯，熟悉你漫长生命中的每一天，包括眼前这一切。"

"噢，多么悦耳的声音！"老人大呼，"你所说的每个字，你眼里的每道光，都像开天辟地般有力道。这怎么可能？"老人眼里涌出泪水，"怎么可能？"

"因为我是真真实实存在的。"旅人说，"我专程从非常遥远的地方来找你，告诉你：你没有被埋没。你的海中巨兽只是沉溺了一下子。再过个几年，将会有一群人，高贵显赫的，平凡单纯的，聚集在你坟墓前大叫：它沉溺，它浮起！它沉溺，它浮起！那白色的形体终将迎向天光，巨大的恐惧随着暴风和雷雨中的圣艾摩之火消失无踪，而你也跟着它，彼此牵系着，说不出哪里是它停止、你开始，或者哪里是你停止而它动身的地方，两人在世界各地由无数无名的图书馆员和读者汇集而成的海洋上建立了一艘书之舰艇，无数书迷聚集在码头上，追随着你的海上行踪，竖耳聆听你在海风狂暴的凌晨三点发出的绝望呐喊。"

"老天!"躺在皱巴巴的床褥里的老人说,"说重点,朋友,说重点。你说的是真话吗?"

"我发誓是真的,用我的灵魂和生命保证。"来访者走上前,两人的手紧紧相握,"带着这些礼物安息吧。在你的临终时刻,像念祈祷文那样细数这些扉页。别告诉任何人它们是怎么来的,那些嘲弄者会将它们从你手中夺走。因此,记得在天亮前的黑暗时刻念这句祈祷文,它的内容是这样的:你将得到永生。你已然不朽。"

"别说了,不要再说了。住口。"

"我非说不可。听好了。你足迹所到之地将成为传奇,孟加拉国湾、印度洋、好望角和合恩角附近,超越死亡之境,直到世界的尽头。"

他使劲握住老人的手。"我发誓。在往后的日子里,千千万万人将涌向你的坟墓,祝祷你安眠,温暖你的骸骨。听见了吗?"

"我的天,你真适合担任我的临终祝祷牧师呢。我会不会中意我自己的葬礼呢?会的。"

他说着松开双手,紧抓着身体两侧的几本书。热心的访客又拿起别的书,朗诵着日期:"1922……1930……1935……1940……1955……1970……你明白这意味着什么吗?"

他拿起最后一本书,凑近老人面前。火热的眼珠滚动着。衰老的嘴唇裂开来。

"1990年?"

"你的书。距离今晚整整一百年。"

"老天!"

"我得走了,但我要听你说。第一章。第一句。"

老人眼睛一转,热烈燃烧着。他舔了下嘴唇,手指着那行字,终于轻轻吐出,然后开始啜泣:"我名叫以实玛利①。"

在那之后是一片白雪,无止无尽的雪。在大片消融的雪白中,那具银色机器气喘吁吁地将旅行的图书馆员和他的书袋传送往另一个时空。像是把浸泡在雪中的面包切片那样的,机器在旅人变回原形时,立刻将他透过医院墙壁送入一间惨白有如12月的病房。孤零零躺在里头的是个和外面的风雪同等苍白的男人。几乎算是年轻的他沉睡着,由于发高烧,汗湿的胡子黏在唇上。他似乎不知道也不在乎有个信差闯入了他床边的空间。他的眼睛没有翻动,也没有呼吸加速的迹象。垂在他身体两侧的手也没有张开迎接的意思。看来他似乎是彻底昏迷了,唯独这位意外访客的声音让他的眼球在闭合的眼皮后方动了一下。

"你被遗忘了吗?"一个声音问。

"无人问津。"苍白的男人[2]回答。

"没人记得你?"

"只有,只有在,法国。"

"什么都没写?"

"没有值得一提的。"

"感觉一下我放在你床上的东西的重量。不,别看。感觉。"

"墓碑。"

---

① 《白鲸记》开头第一句:"Call me Ishmael."以实玛利(Ishmael)为《圣经》人物,喻被遗弃之人。
② Edgar Allan Poe,美国19世纪小说家、诗人及评论家,一生酗酒无度、放浪形骸,于1894年10月3日被发现醉倒巴尔的摩街头,四天后病逝于华盛顿大学医院。

"上面有名字,没错,但不是墓碑。不是大理石,是纸张。有日期,不过是很久很久以后的。每一本上面都有你的名字。"

"不可能。"

"事实如此。我来念几个书名。听好。面具?"

"红死魔。"(The Masque of the Red Death)

"厄舍府……"(The Fall of the House of Usher)

"……的崩塌。"

"陷阱?"

"钟摆!"(The Pit and the Pendulum)

"泄密的?"

"心!我的心。心!"(The Tell-Tale Heart)

"跟着我说:看在老天的分儿上,蒙特利梭。"(The Cask of Amontillado)

"傻气。"

"快说:看在老天的分儿上,蒙特利梭。"

"看见这标签了吗?"

"看见了。"

"念出它的日期。"

"1994年。没这种日期。"

"先别管。还有这酒的名字。"

"1994年,阿蒙提亚多。还有我的名字!"

"是的。现在你可以摇摇头,触动病房铃声。这是砌上最后一块砖头的灰泥。快!我是专程来用这堆书将你活埋的。当死亡来临时,你会怎么迎接它?大叫一声然后说——"

"Requiescat in pace[①]？"

"再说一遍。"

"愿灵安息！"

时间的风轰轰地吹着，房间空了。护士受到笑声的召唤，冲了进来，奋力想移走压在他身上的书。

"他说什么？"有人大叫。

一小时，一天，一年，一分钟过后，在巴黎，沿着一座教堂的尖塔进出一道圣艾尔摩之火，暗巷中闪现蓝色火光，街角响起轻柔的脚步声，一阵风有如隐形的旋转木马般转了个弯，接着是一阵上楼的脚步声，走向一道敞开的房门，房内的窗口俯瞰着许多流泻着人声和音乐的咖啡馆，而窗边的床上躺着一个高大的男人，灰白的脸毫无生气，直到他听见房内有生人的气息。

一个男人的身影立在床侧，弯下身来，来自窗口的光照亮他的脸庞，他的嘴吸了口气然后说话。那张嘴吐出的几个字是：

"奥斯卡[②]？"

[①]拉丁文，天主教的安魂祷告，意指愿灵安眠，基督教常用于墓碑语。据闻爱伦·坡的临终遗言是：Lord help my poor soul。

[②] Oscar Wilde，奥斯卡·王尔德19世纪英国剧作家、小说家、诗人。1890年死于异乡法国。

废公路

收录于本书
1996 年

他们开车进入周日清晨的乡野，远离酷热的铝造城市，望着那片终于得到解放的天空有如一片突然出现的湖水在他们头顶涌动，蓝得不可思议，漂浮着许多白色碎浪，一路跟随着他们。

克拉伦斯·特拉弗斯放慢速度，感觉凉风带着新割青草的气味吹过他的脸颊。他伸手握住妻子的手，回头看看坐在后车座的儿子和女儿，两人没有争吵，至少暂时如此。车子驶过一幅幅宁静的美景，这丰盈翠绿的周日景致仿佛会永远这么绵延下去。

"真庆幸我们来了。"塞西莉亚·特拉弗斯说，"我们好久没出远门了。"他感觉她的手紧握一下他的然后松开。"想起今天下午在鸡尾酒宴里被热浪逼死的那些女士，唉！"

"的确很不幸，"克拉伦斯说，"向前看吧。"

他猛踩油门，车子加速前进。他们离开城市的过程说来有些忙乱，被喧嚣的车流一路推挤着，寻找着荒僻的野地，希望能不受打扰地享受一次野餐。他发现车子上了快车道，于是放慢速度,让自己和家人缓缓穿越疯狂的车流,最后以还不算太慢的50里时速悠缓地前进。从车窗飘进来的花草香气让他感觉这么做没有白费。他不为什么地大笑起来,然后说:"有时候,来到这种地方,我会想,干脆就这么一路开下去,不要回城里了。"

"我们开一百里好了!"他的儿子大叫。

"一千里啦!"他女儿也叫。

"一千里!"克拉伦斯说,"一里一里慢慢开。"然后轻声叫出:"嘿!"

仿佛是他们的空想突然成真似的,一条被遗忘的公路出现在眼前。"好极了!"克拉伦斯·特拉弗斯先生说。

"什么?"孩子们问。

"你们看!"克拉伦斯弯身到妻子那一侧,指着说,"那是一条旧公路,已经荒废很久了。"

"那个?"妻子说。

"这条路很窄哦。"他儿子说。

"那时候车子还不多,他们不需要太多车子。"

"好像一条大蛇。"他女儿说。

"是啊,这些旧道路都是弯弯曲曲的。记得吧?"

塞西莉亚点了点头。这时车子已经慢下来,一家人望着那条窄小的水泥路。从各处迸出的青草让路面有些变形,道路两侧附近也窜出一丛丛野花,清晨的阳光穿透道路两旁一直往远方的森林延伸过去的高耸的榆木、枫树和橡树。

"我对这条路熟得不得了。"克拉伦斯说,"要不要我开上去兜兜风?"

"啊,克拉伦斯,可是……"

"我是说真的。"

"爸爸，真的可以吗？"

"当然，就这么办。"他果决地说。

"不行！"塞西莉亚说，"这么做说不定违法呢。一定非常危险吧。"

但是没等妻子说完，他已将车子转下高速公路，从飞驰的车阵中退下，冲着每辆车的尾巴微笑，经过一条小排水渠，朝着那条旧公路前进。

"克拉伦斯，拜托！我们会被警察抓走的。"

"为了在一条荒废的公路上以10里的时速开车的罪名？难得好天气，咱们可千万别扫兴。只要你们乖乖的，我就请你们喝汽水。"

车子到了旧公路。

"很简单吧？好了，孩子们，往哪个方向？"

"那边，那边！"

"没问题。"

于是车子载着他们进入旧公路，爬上那条灰白色的大蟒蛇般的路，这会儿正沿着一片葱绿有如苔绒的草原蜿蜒而行，绕过低缓的山丘然后姿态雄伟地潜入潮湿阴郁的树林子里，经过许多小溪、春天的泥地，还有像玻璃纸般沙沙溜下小石崖的水晶泉瀑。车子缓缓前进，他们可以看见，由去年十月的落叶围堵而成的静止水池的表面，那些水蜘蛛正雕刻着谜一般的图案。

"爸爸，那是什么？"

"什么，那些水上溜冰高手？从来没人抓到过。你等了又等，然后伸手啪的一下，蜘蛛早就跑啦。它们是你们这辈子第一件无法掌握的东西。等你们大一点，无法掌握的东西会越来越多，越来越大。所以啊，看见的不算数，它们其实不在那儿。"

"以为它们在才奇怪呢。"

"你这话点出了一个很有哲学深度的真相。好啦，特拉弗斯老爹，开车吧。"他遵从着自己的指令，情绪高昂的继续往前。

他们进入一座森林，这里头像是坚守了一整个冬天的冰寒，此时不情愿地升起绿旗来欢迎春天的来临。有如一簇簇五彩碎纸的蝴蝶群从森林深处涌出，喝醉似的在空中漫游，它们投射在草地和水面的千百个细碎身影一路紧跟着。

"我们回去吧。"塞西莉亚说。

"妈妈！"一双儿女叫着。

"为什么？"克拉伦斯说，"老天，那座闷热的城市里，有多少孩子敢说他们曾经乘车经过一条荒废了好多年的公路？没有！没有哪个孩子的父亲有勇气跨越一小片草地，把车子开上这条旧公路。对吧？"

特拉弗斯太太陷入沉默。

"那里，"克拉伦斯说，"过了那座山丘，公路就往左转，然后往右转，然后又左转再右转，形成 S 形弯道，接着又一段 S 形弯道。你们等着看吧。"

"左转。"

"右转。"

"左转。"

"S 弯道。"

车子引擎轰轰地颤动。

"又一段 S 弯道。"

"跟你说的一样！"

"你们看。"克拉伦斯指着说。道路在距离他们约一百码的地方突然出现一小段,然后消失在一堆大型扑克广告牌后面。克拉伦斯紧盯着道路和路段之间的草地,还有那段阴暗的小径,那个寂静的地点,寂静得有如古老溪流的河床,潮水曾经涌至但如今光秃一片,夜风一度穿越此地,扬起远方车流的古老声响。

"你知道吗,"妻子说,"那段路让我心里有些发毛。"

"我们可以从这条旧公路开车回家吗,爸爸?"儿子问。

"希望可以。"

"我一直都很害怕。"妻子望着另外那条车流堵塞的公路突然出现又消失。

"没有人不害怕。"克拉伦斯说,"可是既然来了,总得赌一下运气。如何?"

他的妻子叹了口气。"真是的,就往那条可怕的路开过去吧。"

"别急。"克拉伦斯说着将车子开进一座小村庄,一个非常小、令人出其不意的、只有十来间覆满苔藓、被高大树林遮蔽着的白色墙板小屋的聚落,在一弯小溪和绿荫的环抱中沉睡着。风摇撼着老旧门廊上的摇椅,几只狗在凉爽的青草毯子上睡午觉,还有一间小杂货店,门外设有一台脏旧的红色加油泵。

他们在这里停车,下了车,站在那里,一时不知该怎么办,非常诧异这野地里也会有人家。

杂货店的门嘎一声打开,一个老人走了出来,朝他们眨着眼睛说:"你们是从那条旧公路过来的吧?"

克拉伦斯避开妻子责难的目光。"是的,先生。"

"那条路已经荒废二十年了。"

"我们出来寻找云雀,"特拉弗斯先生说,"却意外发现了一只孔雀。"他加了一句。

"麻雀。"他的妻子说。

"那条公路就从我们这儿经过,大约在一里外吧,"老人说,"新的公路完成后,这小镇就荒废了。如今这里只剩我这样的居民了。意思是:老人家。"

"看来这里应该有不少房屋出租。"

"先生,欢迎进来,将蝙蝠赶走,把蜘蛛踩死,想租哪间房子任你挑,月租三十美元。这整座小镇全归我所有。"

"噢,我们只是随便问问。"塞西莉亚说。

"我想也是。"老人说,"这儿离城市太远,和公路又有一段距离。而且那条泥路每逢下雨就淹过来,到处都是烂泥浆。其实那条路是禁止通行的,虽说警察根本也没来巡逻过。"老人哼了一声,摇摇头。"倒不是说我想检举你,不过刚才我看见你们从那儿过来,还真吓了一跳呢。我还赶紧去看了一下日历,确定现在不是1929年。"

老天,我记起来了,克拉伦斯·特拉弗斯心想。这位是福克斯·希尔。这里曾经住了不少人。当时我还小,我们常在夏天的晚上经过这里。我们曾经在这儿停留到深夜,我睡在后车座,沐浴着月光。祖母和祖父也在后座陪着我。那感觉很棒,深夜睡在车子里,路上空荡荡的,望着星空移转,欣赏着那美丽的弧度,一边聆听远远传来水底下的大人的声音,谈话声、笑声和轻声低语。我父亲负责开车,神情冷淡。在夏季夜晚开着车,沿着湖边到沙丘区,那里的荒凉湖畔长着毒常春藤,风没日没夜地吹拂,总也不离去。我们开车经过那个有着沙岸、月光和毒常春藤,孤寂有如墓场的地方,波浪有如污浊的灰烬打上岸边,整座湖就像火车头来来去去撞击着沙丘。我缩着身体，闻着祖母被风吹凉的外套，那些声音安抚、包裹着我，那么牢靠而且不曾停歇，好像会持续到永远，我将会永远那么年轻，而我们将会永远在夏日夜晚开着我们那辆少了侧护板的老 Kissel 到处兜风。到了晚上九十点便停在这里，买开心果和闻起来带着点美妙汽油味的什锦水果冰淇淋吃。每个人舔着、啃着甜筒，闻着汽油味，然后继续开车，懒懒地彼此依偎着，就这么一路开回家。那是三十年前的事。

他醒过来，说："这些房子，整修起来很麻烦吗？"他眯着眼看着老人。

"这个嘛，说难倒也不难，这些房子大部分已经超过五十年了，积了很多灰尘。我可以卖你一间一万块，你得承认这很划算。如果你是艺术家或画家之类的。"

"我替广告公司写文案。"

"也写小说吧，我猜？这儿再适合作家不过了，安静，没有邻居，你可以专心地写。"

塞西莉亚静静地站在老人和她丈夫中间。克拉伦斯没看她，只看着杂货店门廊四周的煤渣堆。"我想应该没问题。"

"当然。"老人说。

"我常想，"特拉弗斯说，"我们真的该离开城市，活得自在些。"

"当然。"老人说。

特拉弗斯太太没说什么，只从皮包里摸出一面镜子。

"你们想喝点什么吗？"克拉伦斯殷勤得有点夸张，"三瓶橘子汽水，四瓶好了。"他对老人说。于是老人转身进了那间带有铁钉、鞭炮和灰尘气味的杂货店。

老人离去后，特拉弗斯先生终于转向妻子，眼睛发亮地说:"我们一直很想这么做。机会来了。"

"做什么?"她说。

"搬到这里,决定得有些仓促,但有什么关系?为什么?因为我们每年都承诺自己:要远离那些噪声、混乱,让孩子们有个可以玩耍的地方。还有……"

"老天!"妻子大叫。

老人在店铺里走动,一边咳嗽。

"太可笑了。"她压低声音,"我们的公寓已经付完贷款,你有份好工作,孩子们在学校也有不少朋友,我呢也参加了好几个不错的俱乐部。况且我们刚花了笔钱重新装潢房子。我们——"

"听我说,"他说,好像她真会乖乖听他说似的,"那些都不重要。在这里,我们可以好好喘口气。在城里,你老在抱怨……"

"有事情可以抱怨总比没有好。"

"你那些俱乐部没那么重要吧。"

"重点不是俱乐部,是朋友!"

"要是我们明天死了,有多少人会在乎?"他说,"要是我在车流里被撞了,会有几千辆车子从我身上辗过,才能等到一辆车子停下来,看我是人还是被丢在路边的狗。"

"你的工作……"她又说。

"老天,十年前我们就谈过了,再过两年我们就可以存足够的钱,退休写我的小说。可是每年我们都说等明年再说,明年,明年!"

"我们有过不少乐趣,不是吗?"

"当然。地铁很有趣,巴士很有趣,马丁尼和喝醉酒的朋友很有趣。广告呢？更有趣！可是我对那些乐趣已经麻木了！我想把我的所见所闻写下来，而再也没有比这里更合适的地方了。瞧那边那栋房子！你是不是几乎可以看见我坐在窗口努力敲打字机的样子？"

"别激动。"

"激动？说到辞职我都快兴奋得跳起来了。我已经努力得够久了。拜托，塞西莉亚，我们得找回一点婚姻生活的热情，抓住机会吧。"

"孩子们……"

"我们会喜欢这里的！"儿子说。

"大概吧。"女儿说。

"我已经不年轻了。"克拉伦斯·特拉弗斯说。

"我也是。"她说，抚着他的臂膀，"但是我们不能再玩跳房子了。等孩子们长大独立了，我们再考虑这件事吧。"

"孩子，跳房子，老天，看来我只好抱着打字机进坟墓了。"

"用不了多久的。我们——"

店铺门再度打开，老人也许在纱门后站了一会儿吧，无从得知。从他脸上看不出来。他走了出来，一双斑斑点点的手拎着四瓶橘子汽水。

"汽水来了。"他说。

克拉伦斯和塞西莉亚转身望着他，好像替他们送饮料来的是个陌生人。他们微笑着接过汽水瓶。

一家四口站在温暖的阳光下喝着汽水。夏天的风吹拂着这座隐蔽旧城镇的林间空穴。这感觉很像在一座宏伟的绿色教堂里，大教堂，树林那么高耸，底下的人和木屋小得几乎看不见。你会一整晚幻想着那些树沙沙摆动着树叶，听来就像绵延不断的海滩上的拍浪声。老天,克拉伦斯想着,在这里真的可以安睡,像死人那样平静安稳地睡眠。

他喝完汽水,他的妻子只喝了一半,将剩下的给两个孩子你一口我一口地争夺。老人静静站着,对自己在夫妻俩之间引起的问题感到尴尬。

"要是你们有机会再经过这里,顺便过来逛逛。"他说。

克拉伦斯伸手想掏皮夹。

"不,不用!"老人说,"我请客。"

"谢谢,非常感谢。"

"不客气。"

他们回到车上。

"如果你想开上新公路,"老人站在前车窗外看着热烘烘的车厢。"只要顺着刚才那条旧泥巴路往回走就可以啦。别开太快,会把轮轴弄坏的。"

克拉伦斯笔直望着车子前方的空调装置,然后发动引擎。

"再见了。"老人说。

"再见!"孩子们喊着,朝他挥手。

车子缓缓穿过小镇。

"你听见那位老先生说的了?"妻子问。

"什么?"

"你听见他说的,上高速公路该怎么走?"

"听见了。"

他把车子开过阴凉幽静的小镇,望着那些门廊和镶有彩色玻璃的窗户。从这种玻璃窗内往外看,会发现每个人的肤色随着玻璃片的颜色而改变。粉红,绿,紫罗兰,暗红,酒红,黄绿,从那些窗口往外看着草地、树林和这辆缓缓驶过的车子,是糖果色,清凉的柠檬色和水色。

"没错,我听见了。"克拉伦斯说。

他们出了小镇,从旧泥路接上高速公路。他们等待着机会,发现呼啸而过的车流中有个缝隙,立刻一个转弯开上公路,不久便以50里的时速朝着城市疾驰而去。

"好多了。"塞西莉亚愉快地说。她没回头看丈夫,"现在我清楚我们的位置了。"

许多大型广告牌掠过:葬仪社,馅饼皮,早餐麦片,汽车修理厂,饭店。一家陷在城市的沥青坑穴里的饭店,一整天只有正午时分能得到太阳怜悯的一瞥,特拉弗斯心想,所有那些拼装玩具般的高耸建筑物,就像史前恐龙,有一天终将沉入沸腾的沥青熔岩中,一具具骸骨并列着封存下来,供未来的文明追悼。而进入那些电蜥蜴、那些钢铁恐龙的胃里探索的,将是一批新纪元科学家。将有无数人亲眼看见那些象牙色的小骨骸,属于广告经理、俱乐部女会员和孩子们的就快松散开来的白骨。特拉弗斯眼皮一阵颤动,湿了眼眶。那些科学家会说,原来这就是这些钢铁城市的食物?然后踹一下那些白骨。原来这些钢铁的胃就是靠这撑饱的?可怜的东西,从来就没有机会逃出去。也许是这些钢铁怪兽饲养的,因为它们需要这些食物才能存活,拿他们当早餐、午餐和晚餐。换句话说,就是蚜虫,养在巨大金属笼子里的蚜虫。

"你看,爸爸,看啊,快要不见了!"

孩子们大叫,用手指着。塞西莉亚没有回头。只有孩子们看见了。

那条在他们左边两百码以外的旧公路突然跳入眼帘,闲散地漫游过绿野、草原和溪流,那么柔和、凉爽而宁静。

特拉弗斯回头看，可是它一转眼消失了。被大堆广告牌和树林、山丘驱离了。千百辆车子呼天抢地地超越他们，将茫然又沉默的克拉伦斯、塞西莉亚夫妇和他们无助的孩子一路簇拥着，随着车流朝向一个从未发现他们离开、也没指望他们回来的城市而去。

"咱们看看这车子能不能飙到时速60或65里。"克拉伦斯说。

可以，而且做到了。

后记：活着要紧

1928年，我八岁那年，伊利诺伊州沃基根市的学院电影剧院外的后墙上发生了一件不得了的盛事。一张足足有三十尺长、二十尺高的巨幅宣传海报，上面以五六种生动画面介绍着魔术师黑石的表演身段：把一位女士锯成两段；被绑在阿拉伯大炮上，随着炮的引爆飞出去；让一条手帕在空中跳舞；让一只鸟笼连同里面的活金丝雀在他手中凭空消失；将一只大象……你明白了吧？我肯定在那里站了好几个小时，看呆了。当时我知道总有一天我要做个魔术师。

实际上就是如此，不是吗？我不是科幻、超自然小说和魔幻写实主义的作家，专写些神话故事或超现实诗。*Quicker Than the Eye* 或许是我为我的短篇小说集所构想的书名当中最好的一个。我假装做某个动作，引开你的视线，然后在一瞬间从一只无底帽里抓出二十条颜色鲜艳的丝巾。

他是怎么办到的？或许有人会问。我真的不知道。不是我写这些故事，是它们写我。这驱使我带着一种对写作和生命的源源不绝的热情生活着，而这常被某些人误判为乐观主义。

胡说。我只不过是在实践一种合宜的生活态度，意思是照着规矩来，听从你的缪斯的指引，把你该做的工作完成，然后享受你或许会永远活下去的感觉。

我不需要等待灵感。每天早晨灵感自然会把我唤醒。天亮前,当我正昏昏欲睡,那可恶的声音便会开始在我脑袋里的"清晨之音剧场"播放。是啊,是啊,我知道这听起来有点虚矫,而且,不是的,我这不是在鼓吹灵修什么的。那些声音会存在,是我透过日积月累的阅读、写作和生活而将它们储藏在那儿的。它们不断积存,在我高中以后就开始发声了。

换句话说,我并非以雀跃的欢呼来迎接每个清晨,而是被那些滔滔不绝的耳语逼得不得不起床,拖着身体走到打字机前,然后,当那些念头/奇想/概念通过我的手肘,从手指流泻而出,我就马上清醒过来而且变得生气蓬勃。两小时过后,一篇原本藏在我大脑里,昏睡了一整夜的新小说完成了。

所以说,这跟乐观主义无关。是生活态度。恰如其分的生活态度。

我不敢违抗那些清晨的声音。一旦这么做,我的良心将会一整天不得安宁,还会像翻下悬崖的车子那样的完全失控。清晨在我脑子里纠缠不清的意念,一定在午餐以前圆满了结。

本书里的故事都是怎么来的?让我逐一说明:

你发现妻子怀了你的第一个孩子,于是将他取名为"萨沙",并不断和这逐渐长大的胎儿对话,直到它发展成一个你喜欢却不受别人欢迎的故事。就是这样。

你疑惑道林·格雷的画像最后怎么了。到了傍晚这念头膨胀成巨大的恐怖故事。于是你把这团毛球呕吐在你的打字机上。

有些故事确曾"发生"在我身上。《瞬之幻》的情节撷取自我曾观赏过的一场魔术表演，当时我真的错愕地看见一个长相酷似我的人站在舞台上被人愚弄。

《狗是怎么死的？》是一张 Victrola 公司发行的唱片，我五岁时每天放、整天放个不停，后来邻居威胁说要劈了我或者唱片，任我选。

《草坪上的女人》原本是首诗，后来发展成一则关于我母亲年轻且满怀憧憬时的故事；只有使用委婉手法才能讨论的话题。

《大麻烦》则是在我写《劳莱与哈代恋爱故事》(*The Laurel and Hardy Love Affair*) 时就开始构思了。我觉得这篇故事应该要有个续篇，因为四十年前我到爱尔兰，正巧看见《爱尔兰时报》(*Irish Times*) 发布："劳莱与哈代亲临登台，为爱尔兰孤儿献艺，仅此一次！都柏林奥林匹亚剧院。"我立刻冲到剧院买了入场券，前排正中央座位。

舞台幕布升起，他们站在那里，史丹利与奥利弗，重现着他们昔日所有的温馨动人又奇妙的老戏码。我坐在那里，流下快乐的眼泪。后来我到后台，站在他们的休息室门口，看着他们和朋友打招呼。我没有自我介绍。我只想让我的手和心感受那份温暖。感受了二十分钟气氛，我溜掉了。这篇故事就这么来的。

《潜水艇医生》描写一个不听自己心声的人。几年前某位作家朋友在午餐桌上提到他的心理医师，说他曾经担任希特勒海底舰队的潜水艇舰长。"老天，"我惊呼，"快给我铅笔。"我迅速写下小说篇名，当晚就写完了整篇故事。那位作家朋友因此有好几个礼拜对我怀恨在心。

《最后的仪式》是它自己完成的，因为我一向是其他作家的拥戴者，不论新旧，只要存在过。我从来不嫉妒任何一位作家,我只想像他们一样写作、做梦。因此我的名单非常长,其中有些是一流作家也是一流淑女:Willa Cather、Jessamyn West、Katherine Anne Porter、Eudora Welty 以及早就享有盛名的 Edith Wharton。《最后的仪式》的情节在时空中移转,向我心中的三位英雄致敬,爱伦·坡、梅尔维尔和直到故事结尾才出现名字的王尔德。一想到这三位巨人临终前以为自己死后将无人问津、籍籍无名,我就觉得心痛。我必须发明一种时光机,到他们病床前去报喜。

有些故事则是不言而喻的。《九年之约》就是一种拟科学的假设,也是我们经常讨论的,只是没把它写下来。

《废公路》就在洛杉矶往北的主要干道旁边。那条路已经被大堆杂草、树丛淹没,常有泥巴坍塌。不过趁它还没完全被夷平,你还是可以在某些路段骑骑单车。

《再来一首圆滑曲》是某天下午我听见满树的鸟演唱着柏辽兹和阿尔贝尼兹,故事便自然涌出了。

如果你对 1870 年的巴黎公社和奥斯曼——此人负责巴黎的都市更新,让它蜕变成今日的样貌——的历史有点了解,如果你多少经历过洛杉矶地震,那么你应该不难想出《扎哈洛夫/里克特胜利之路》故事的原点。两年前的大地震发生时,我心想,老天,那些笨蛋把整座城市建在圣安地列斯断层上!我的第二个念头是:如果他们是蓄意这么做的呢?

两小时后,这篇故事已经在窗台上纳凉了。

不只这些,但就此打住。

我给自己的最后忠告是,那个幻想当魔术师的小男孩已经老了,你呢?

当你的清晨之音剧场在你耳边响起,别犹豫。行动吧。那些声音很可能在你想冲个澡整理一下思绪的时候就消失了。

关键是速度。用 90 里时速冲向你的打字机是治疗散漫的生命和逼近的死亡的最佳良方。

抓紧时间活着吧。

真的。

活着。写作。冲刺吧。

QUICKER THAN THE EYE by RAY BRADBURY
Copyright © 1996 by Ray Bradbury
This edition arranged with DON CONGDON ASSOCIATES, INC.
through BIG APPLE AGENCY, LABUAN, MALAYSIA.
Simplified Chinese edition copyright:
2023 New Star Press Co., Ltd
All rights reserved.

图书在版编目（CIP）数据

温柔的谋杀 /（美）雷·布拉德伯里著；王瑞徽译 . －－ 北京：新星出版社，2023.1
ISBN 978-7-5133-4604-7

Ⅰ.①温… Ⅱ.①雷… ②王… Ⅲ.①幻想小说－美国－现代 Ⅳ.① I712.45

中国版本图书馆 CIP 数据核字（2021）第 168983 号

温柔的谋杀

［美］雷·布拉德伯里 著；王瑞徽 译

责任编辑：黄　艳
责任印制：李珊珊
责任校对：刘　义
封面设计：冷暖儿

出版发行：新星出版社
出 版 人：马汝军
社　　址：北京市西城区车公庄大街丙3号楼　100044
网　　址：www.newstarpress.com
电　　话：010-88310888
传　　真：010-65270449
法律顾问：北京岳成律师事务所

读者服务：010-88310811　service@newstarpress.com
邮购地址：北京市西城区车公庄大街丙3号楼　100044

印　　刷：北京美图印务有限公司
开　　本：910mm×1230mm　1/32
印　　张：8.125
字　　数：198千字
版　　次：2023年1月第一版　2023年1月第一次印刷
书　　号：ISBN 978-7-5133-4604-7
定　　价：58.00元

版权专有，侵权必究。如有质量问题，请与印刷厂联系调换。